魔王と竜王に育てられた少年は学園生活を無双するようです
The Boy trained by the Demon King and the Dragon King, shows absolute power in school life
03
Author
熊乃げん骨
Illustration
無望菜志

竜王
リオ
「んちゅ、ぷは……。だいぶその気になって来たようじゃの」

「オッケー、戦争ね」
魔王
テスタロッサ

「足引っ張んないでよね！」
「それはこっちのセリフです！」
勇者の末裔
シャルロッテ
吸血鬼
アイリス

魔将
ウラカン
「私はウラカン・ペルフォモンテ、
新しい魔王になる者です」

「ばか、ルイシャのばか」

虫使い
カザハ
（ひょ、ひょえ〜！
なんでウチがシャロはんを
宥めなあかんの!?）

The Boy trained by
the Demon King and the Dragon King,
shows absolute power in school life

03

CONTENTS

魔王と竜王に育てられた少年は学園生活を無双するようです

The Boy trained by the Demon King and the Dragon King, shows absolute power in school life

03

Author
熊乃げん骨
Illustration
無望菜志

イラスト／無望菜志

プロローグ ―◆― 動き出す悪意

ルイシャたちが住まう大陸、キタリカ大陸。

広大な土地を有するこの大陸には、エクサドル王国を筆頭にヴィヴラニア帝国、法王国アルテミシアなどの大国といくつかの小国、そして国も把握しきれていない街や村が存在する。

この大陸は大きく北部と南部で分かれており、無許可でその境を越えることは禁止されている。

そうなった原因は遥《はる》か昔、勇者オーガが活躍していた時代よりさらに昔に起きた戦争にある。

魔族、獣人、そして人間とも呼ばれるヒト族。この三種族は当時三《み》つ巴《どもえ》の戦争を行っており、その最終的な犠牲者は数千万人を超えたと言われている。

魔族には強大な魔力、獣人は強靭《きょうじん》な肉体と豊富な気を持っていたのに対し、ヒト族はこれといった強みを持っておらず苦戦を強いられていた。

一時は絶滅するかと思われたヒト族だったが、他種族の血を取り込むという繁殖力に優れたヒト族ならではの方法により魔法と気功の素質を得ることに成功。更に獣人と同盟を結ぶことにも成功し種族滅亡の危機を回避したのだ。

最終的に三種族間の戦争は不可侵条約が結ばれたことにより終結するのだが、種族間に出来た溝は深く、その結果種族間の衝突を防ぐために国境ができた。

大陸北部を魔族の住む魔族領。そして大陸南部をヒト族と獣人が住む人間領と制定し長きにわたる戦争は終わったのだった。

それから長い時が経《た》ち、オーガが魔王を討ったとの情報が広まった時は、復讐心《ふくしゅうしん》に駆られ人間領に侵入しようとする魔族も大勢現れたが、それを退けるほどに不可侵条約の効果は強かった。

そして現在もその不可侵条約は生きており、正式な承認無しに他領へ行くことは禁止されている。

そのおかげでヒト族と魔族は同じ大陸に住みながらも、深く関わりあうことはなく平和に暮らしていた。

――しかし、魔王が姿を消して三百年という長い月日が経ったことで魔族の不満と不安は限界まで来ていた。

「ええい！　まだ魔王様の情報の一つも摑《つか》めんと言うのか！　捜査隊は何をやっている!!」

そう叫ぶのは魔王国宰相ポルトフィーノ。卵のように丸い体と長い手足が特徴的な老齢の魔族だ。

彼はいい加減聞き飽きた『魔王様の手がかりなし』の報告に腹を立て、執務室の机を叩《たた》き部下に罵声を飛ばす。

ここは魔族領の中枢である『魔王国アラカス』にそびえ立つ魔王城の一室だ。

魔王が不在の今、魔王国で最も権力を持つ宰相のポルトフィーノは、行方不明になって三百年経った今でも魔王テスタロッサを捜しているのだ。

「下らん報告をしてる暇があったらお前も捜して来い！　何か手がかりを見つけるまで帰ってくるでない！」

「は、はいぃ！」

慌てて部屋から出ていく部下を見送った彼は「はぁ」と短くため息をつく。そして皺《しわ》まみれになった自分の手を見ながらぼやく。

「テスタロッサ様……貴女様《あなたさま》と離れ、はや三百年。私もすっかり老いてしまいました……」

誰もいない執務室で一人呟《つぶや》く。

テスタロッサのカリスマ性、優しさ、そして何よりその比類なき強さに心酔した彼はテスタロッサに心からの忠誠を捧《ささ》げており、勇者に討たれたという話が流れた後も彼女が生きてることを信じ、今なお捜索を続けている。

彼の部下も必死に捜してはいるものの、百年単位で捜しても手掛かりの一つすら見つからないので本気で生きていると信じて捜索している者は少ない。

いくら長命の魔族といえど三百年という時間はあまりにも長かった。

「はあ……いかんな、歳《とし》を取るとため息が多くなって。外に出て頭を冷やすとするか」

気晴らしにと魔王城の外へ出た彼は、よく晴れた空を見上げながら自らの主人のことを思う。

いったいどこで何をしているのか、今の魔王国を見たらどう思うのか。

そんなことを考えていると、彼のもとへ一人の人物が近づいてくる。

「宰相のポルトフィーノ・カブリオーネ様とお見受けします。突然ですが少しお時間を頂いてもよろしいでしょうか？」

話しかけてきたのは黒いスーツをピシッと着こなした魔族の男性だった。整った顔立ちをしており、動きもどことなく気品が感じられる。

怪しげに思いながらも素性が分からない以上無下には出来ない。無視したい気持ちをグッと抑えてポルトフィーノはその人物の相手をする。

「いかにもそうだが。お主はいったい何者だ？」

「申し遅れました。私《わたくし》はウラカン・ペルフォモンテと申します。どうぞお見知り置きを」

「その名……ペルフォモンテ伯爵の家の者か」

「はい。父がお世話になっております」

そう言ってウラカンと名乗った人物はニッコリと笑みを浮かべる。

若い女性であれば黄色い声を上げそうなほど爽やかなスマイルだが、歴戦の猛者であるポルトフィーノはその笑みに一切心を開かなかった。

「あやつにお前のような息子がいたとはな。して何の用だ。今更ごきげん取りに来た訳でもあるまい」

「これは手厳しい。実は今回、聡明《そうめい》なるカブリオーネ閣下に内密のお話があって伺いました。もしお時間があれば是非お耳を拝借したいのですが」

「ふん、長い前置きは好かん。はよ用件を言え」

「ふふふ、ありがとうございます」

ウラカンと名乗った青年は、ニヤリと悪魔的な笑みを浮かべると、その用件を口にする。

「魔王様が魔王国からいなくなり三百年、魔族領の民は長きにわたる王の不在に不満を募らせています。カブリオーネ閣下もご存じではあられると思いますが、最近では各地で争いが起き負傷者も出ているとか」

「その事実は把握している。そして全部対処済みだ。そんなネタで私を強請《ゆす》ろうとでもいうつもりか？」

あからさまに不機嫌な態度を見せるポルトフィーノ。

宰相でありながら公爵の爵位を持つ彼は、伯爵の息子でしかないウラカンよりも圧倒的に身分が高い。普通であれば萎縮してしまうほどの相手なのだが、なぜかウラカンに全く物怖《ものお》じする様子はなく、むしろその態度からは余裕すら感じ取れた。

不審に思うポルトフィーノ。いったい何を考えているのだと疑念の眼差《まなざ》しを向ける彼に、ウラカンは驚きの言葉を投げかける。

「実は新しい魔王候補がいるのです。興味はありませんか？」

「……何を言うかと思えば新たなる魔王だと？　馬鹿馬鹿しい！　どうやらペルフォモンテ家も落ち目のようだ、こんな小僧を野放しにしているようではな！」

ウラカンの狂言とも取れる言葉にポルトフィーノは声を荒らげる。

しかし彼は自分が罵倒されているにもかかわらず、不気味な笑みを崩さなかった。

「お怒りになるのも無理はありません。あなたは国内でも随一の親魔王派だ。新しい魔王の存在など簡単に許容出来るはずもありません」

「ふん！　分かっているならさっさと自分の領地に帰るんだな。反魔王派と話す口など持ち合わせてはおらん！」

ポルトフィーノはしっしと右手を振って帰れと伝える……が、ウラカンの足はその場から一歩も動かなかった。

「ご安心ください、私は何もテスタロッサ様を不要と論じてるわけではございません。彼女が戻ってくるまでの繋ぎの話をしているのです」

「繋《つな》ぎ……だと？」

「はい。先ほども申し上げましたが現在魔族領に住む国民は三百年続く王の不在でみな心を病んでしまっています」

年々魔族領の財政は厳しくなって来ている。

優秀なリーダーの不在とそれによる国民の士気の低下。なまじ魔族の寿命が長いせいもあり、いまだに魔王がいなくなったショックから立ち直れない国民も多い。

「今は宰相である貴方様《あなたさま》と他の大臣の尽力のおかげでなんとか国を回せてはいますが……それも長くはもたない。そうでしょう？」

「む……」

図星を突かれポルトフィーノは口ごもる。

ウラカンの言うことは正しい。ポルトフィーノを含む数人で国を回せてはいるが、あくまでそれは延命に過ぎず彼らがいくら頑張っても根本的な解決にはならない。

ポルトフィーノと大臣たち、彼らは優秀だがテスタロッサのような圧倒的なカリスマ性は持ち合わせてはいなかった。

「どうです？　少しは話を聞いてみる気になられたのではないですか？」

「確かにお主の言うことは一理ある。しかしいくら繋ぎと言えど誰に魔王様の代わりが務まると言うのだ？　私とて魔王様の代わりを探したことが無いわけではない」

しかし当然そんな者は見つからなかった。

魔族はヒト族と比べて個々の能力が高い者が多い、しかしそれでも魔王の器を持つ者などそうそう現れはしない。

「私ですら見つけること叶《かな》わなかったというのに、貴様がそれを見つけたとは到底信じられる話ではない……が、しかし。私にここまで食らいついた褒美に聞いてやろう」

許可を得たウラカンは待ってましたとばかりに笑みを浮かべると、息をゆっくりと吸って……その名前を口にする。


「新しい魔王。それは私、ウラカン・ペルフォモンテでございます」


その言葉を聞いた瞬間、ポルトフィーノの頭の中が怒りで埋め尽くされる。

それに身を任せて目の前の青年を焼き払わなかったのは、ここが自分の敬愛する魔王の城のすぐ側《そば》だったからだ。

ポルトフィーノから放たれた恐ろしい殺気と魔力に一瞬ピクッと体を動かし反応するウラカンだったが、それでも彼はこの場から逃げなかった。

しかしそれは彼が勇気に溢《あふ》れているからでなく自分の計算を信じているが故の行動だっ

た。

「……実に時間の無駄だった。二度とその顔を私に見せるな。今回は特別に見逃してやるから領地にとっとと帰るといい」

そう言うと話は終わりだとばかりに背を向ける。

流石《さすが》にこれ以上話すのは無理だと悟ったウラカンは潔く引き下がる。

「ええ、お時間を取らせてしまい申し訳ありませんでした。またお会いしましょう」

「ふん」

ポルトフィーノは不機嫌そうに鼻を鳴らすと、魔王城の方に戻っていく。

ウラカンは彼が完全に見えなくなるまでその場に立っていた。するとそんな彼のもとへ大柄の魔族が近づいてくる。

「……お疲れ様ですボス。どうでしたか？」

「ふふ、さすが魔王国宰相と言ったところだ。高齢だというのにあそこまでの圧を出せるなんて。並の『王』ではとても勝てないだろうねアレは。忠誠心も無駄に高いみたいだし仲間に引き込むのはやめておいた方が良さそうだ」

「ふむ、でしたらどうなさいますか？」

「なに、他にも手はある。そのためにわざわざこんな人目のつくところでやり合ったんだ」

「……？　それはどういうことですか？」

「あっちを見てみるといい」

ウラカンが顎で指した先、そちらに目を向けると一人の魔族が近づいて来るのが見えた。

スーツに身を包んだ壮年の魔族、ウラカンの部下に負けず劣らずの巨漢である彼は野心家として知られる魔王国の大臣の一人だ。

名前はグランツ、若き時代、戦で活躍した武闘派で名高い魔族だ。

彼を見たウラカンの部下は「なるほど」と納得する。

「わざとやりとりを見せつけて協力者を炙《あぶ》り出したんですね」

「そういうこと。さあ我らの支援者を歓迎しようじゃないか」

ウラカンは悪意を多分に含んだ笑みを浮かべながら協力者を迎え入れる。

「こんにちは大臣。私に何か用でしょうか？」

「ああ、盗み聞きするつもりはなかったんだが……たまたま先程の話が耳に入ってしまってな。私は話してた内容にとても興味があるんだが、ぜひ詳しく教えてくれないか？」

「ええもちろん。しかしこれより話すのは極秘事項《トップシークレット》。いくら大臣といえど簡単に話すわけにはいきません。そうですね……一つ、条件を出させてください。その条件さえ呑《の》んでいただければすぐにでもお話しさせていただきます」

「条件？　なんだ言ってみろ」

「はい、人間領へ入るのを許可していただきたいのです」

領をまたぐには二つ方法がある。

一つはそれを管理する組織に申請を出し、認可されること。

もう一つは宰相であるポルトフィーノ、もしくは大臣に許可をもらうことだ。

「人間領に？　しかし……ううむ」

細かいことは気にしないグランツでもその許可は簡単には出せなかった。それほどまでに不可侵条約の効力は強く、責任問題になればグランツはその立場を剝奪されるだけでなく、最悪極刑までありえる。

野心にあふれているグランツもさすがにそれは躊躇《ちゅうちょ》した。

しかし躊躇するということはすなわち不可能ではないということ。彼の反応を見て許可を得ることは可能なのだと確信したウラカンは彼の籠絡に入る。

「なにを迷っているのです大臣。今こそ強い魔族の時代を取り戻すときじゃないですか。魔族が大きな戦をしなくなってから幾年経《た》ったでしょうか？　その鍛え上げた肉体を活《い》かせる時代を共に作りましょう！」

「ううむ、確かに最近は物足りないとは思っているがな……他の大臣たちがなんと言うか……」

「他などどうでもいいじゃないですか。貴方がなるんですよ、牙の抜けてしまった魔族を救う、『英雄』に！」

「英雄、儂《わし》が……っ！」

すっかり目の色が変わった大臣を見て、ウラカンは内心ほくそ笑む。

これで駒は揃《そろ》った、長年温めていた計画を始める時が、遂《つい》に来た。

――今こそ、復讐《ふくしゅう》を果たす時。

悪意が、動き出す。

第一話 ―◆― 少年と王都と迫り寄る影

魔王国の者が必死にテスタロッサを捜す中――――肝心の本人はというと、可愛《かわい》らしく頬を膨らませ怒っていた。

「ちょっとリオ？　いつまでルイくんの膝の上にいるの？」

「うっさいのう、わしはお主と違って軽いんじゃから別にいいじゃろが」

そう反論するのは魔王と対をなす存在、竜王であるリオ。彼女はその幼い体をルイシャの膝上にのせ、まるで王座に座っているかのようにドヤ顔で小さな胸を張っていた。

「あんまりテス姉に意地悪しちゃダメだよリオ」

「ふん、いつもわしをからかうのがいけないんじゃ」

三人がいるのは勇者が作り出した時の牢獄《ろうごく》『無限牢獄』。

勇者に封印された者しかこの空間に入ることは出来ないが、ここで長い時を過ごしたルイシャは、精神体だけではあるがここに来ることができた。

しかし好きな時に自由に来ることができる訳ではなく、会えるのは二週間に一度程度。

しかもいつかは完全にランダムだ。今日も寝ていたら急に二人のところに召喚され、暇を持て余していたテスタロッサとリオに可愛がられていた。

「お主もしょっちゅうルイ坊を膝に座らせとるじゃないか」

「それはそうだけど！　逆はやったことないもん！」

口をとんがらせながら抗議するが、肝心のリオは見せつけるように更に深く座りルイシャの胸に頭をこすりつけ始める。

それを見て更に抗議の声を強めるテスタロッサ、したり顔で挑発するリオ、そしてひたすらに困っているルイシャ。見慣れた光景である。

「挑発するのはやめなよリオ」

「なんじゃあやつの肩を持つのかルイ。わしはそんな薄情な子に育てた覚えはないぞ、およよ……」

「ああ分かったよごめんごめん」

泣き真似《まね》をするリオの頭をなでてあやすルイシャ。一方リオは気持ちよさそうに頭をなでられながら、ルイシャに見えないように再び挑発的な笑みをテスタロッサに向ける。

「あー！　見てよルイくん！　この子ったら泣くどころか笑ってるわよ！　ほら見て！」

「えーんえーん、こわいのじゃあ（棒）」

「……残念よリオ。せっかく仲良くなったのに貴女《あなた》をこの手で葬らなければいけないこと、本当に残念に思うわ」

「くくくっ、やってみるがいい」

「お願いだから二人ともそれくらいにして……」

本当に致死級の魔法を放ちかねないテスタロッサを必死に宥《なだ》め、なんとか平穏を取り戻したルイシャは気を取り直して真面目な会話を始める。なおリオはルイシャの膝上から降りなかった。

「えーと……この前ダンジョンに行ったことは話したよね？　そこで勇者の情報を見たことも」

「ええ、『三界王』『妖精王』そして『蛇王』のことが描かれていたのよね？」

「うん。その人たちが勇者の手がかりになると思うんだけど二人は何か知らない？」

ルイシャの問いに二人の師匠は「うーん」と頭を捻《ひね》る。

「妖精王は妖精族、蛇王は蛇人族《ラミア》なんでしょうけど……その二種族は他種族と関わらないことで有名なのよね。ヒト族だけじゃなくて魔族とも滅多に関わらないからどこに住んでいるのかも分からないわ。三界王っていうのはそもそも聞いたことないわね、リオは何か知ってる？」

「お主が知らんのにわしが知っとるわけなかろう。なんせ竜族は生粋の引きこもり種族じゃからの、滅多に里から出ることはない。他種族に興味もないからロクな情報が入ってこんわい」

「そっか……二人が知らないんじゃどうやって調べればいいんだろう」

しゅんと落ち込むルイシャ。

リオはそんな彼を見ると、膝の上に乗せている体を百八十度回転させルイシャと抱き合う体勢になる。

そして今度はさっきとは逆にリオが彼の頭をなで始める。

「よしよし、可哀想《かわいそう》に。お主はよう頑張っとるよ」

まるで子どもをあやすかのようにルイシャを甘やかした彼女は、ちらっとテスタロッサの方を一瞥《いちべつ》し勝ち誇った表情を浮かべると次の行動に移る。

「そうじゃ、偉い子には褒美をやろう。ほれ、こっちを向きい」

そう言ってルイシャの襟を摑《つか》んだ彼女は自慢の怪力でそれをグイッと引き寄せると、ルイシャの唇に自分のそれを重ねる。

「――――!?」

強引な彼女にしては珍しい、優しく触れるようなキス。三回ほどそれを繰り返し、ルイシャの肩に入った力が抜けたことを確認した彼女はその小さな体格にしては長めの舌をするりとルイシャの口内に滑り込ませ、彼のそれと優しく絡ませる。

「んちゅ、ぷは……くく、だいぶその気になって来たようじゃの。ん？　おいおいそんなにしっかりと抱きつかんでも逃げたりせんよ」

頬を紅潮させながら熱いキスを続ける二人。リオはしばしそれを堪能した後――――片目をチラリと開けてテスタロッサに向ける。見せつけるようにキスをしながら。

「オッケー、戦争ね」

テスタロッサはガタッと椅子から立ち上がり、机を挟んで向かいにいる二人へ向け火球を放つ。

しかしリオはルイシャと抱き合って離れず、その体勢のまま尻尾を振るいその火球を弾《はじ》く。

「おいおい愛の営みを邪魔するもんではないぞ。無粋なやつじゃ」

「ちょおぉっっっとおイタがすぎるんじゃないの？　ルイくんもきっと迷惑してるわよ？」

「そうなのかルイ？」

「ふぇ？　え、なにこの状況」

キスのせいで惚《ほう》けていたルイシャはこのタイミングで初めて戦争が起きていたことに気づく。

「ほれ、嫌じゃないなら続きをするぞ。また次いつ会えるか分からんからな」

「えと、それは僕も嬉《うれ》しいんだけどテス姉の顔が鬼族みたいになってるんだけど！」

「もう謝ったって許さないんだからね二人とも！　極位火炎《ウル・ファイア》！」

「ほほう、極位魔法とは面白い。久しぶりに本気で暴れてやろうぞ！」

「なんで僕までー!?」

激突する二つの巨大な力。

頻発する爆発音の中、時折少年の叫び声がその合間から聞こえたという。

◇　◇　◇

「とんでもない目にあった……」

目を覚ましたルイシャは寝ぼけ眼を擦《こす》りながら呟《つぶや》く。

たくさん寝たはずなのに無限牢獄で色々あったせいで疲れが取れた気がしない。もう一眠りしたいところだけど今日はやらなきゃいけないことがあるしなー、などとぐるぐる考えていると突然声をかけられる。

「おはようございます。よく眠れましたでしょうか」

「……おはようアイリス。今日も早いね」

「はい。メイドとして当然です」

澄ました表情でドヤ顔をするのは、吸血鬼の少女アイリス。

ルイシャを慕う彼女はほぼ毎朝ルイシャの部屋を訪れては、朝ご飯の用意と出かける支度を手伝ってくれる。

今日は出来なかったが普段は朝から特訓しているので彼女のサポートは非常に助かっているが、同級生、しかも超がつくほどの美少女である彼女に世話を焼かれるのは何とも恥ずかしかった。

「ルイシャ様、口元が汚れてらっしゃいますよ」

「これくらい自分で拭けるから大丈夫っ！　あーんもしなくていいからね」

「……そうですか」

しゅんと落ち込むアイリスを見てルイシャは罪悪感を覚えるがぐっと堪《こら》える。

正直彼女に世話を焼かれるのは嬉しい。しかしこれに甘え切ってはダメ人間になるのは確実だと思ったルイシャは鉄の心で過度なお世話は拒否している。

しかし日に日にアイリスのアタックは強くなっており、知らず知らずの内に前は拒否していたことを受け入れつつあった……。

「ふう、ごちそうさまでした」

アイリスの作った朝食を綺麗《きれい》に食べ終えたルイシャは、後片付けを始めるアイリスに尋ねる。

「あ、そうだ。今日図書館に探し物に行こうと思うんだけどアイリスも来る？　正直手伝ってくれるととても助かるんだけど」

「ぐ……っ！　行きたいのはやまやまなのですが、今日だけは外すことの出来ぬ用があるのです……本当に申し訳ありません……っ！」

正に断腸の思いといった様子でアイリスはルイシャの申し入れを断る。あまりにも辛《つら》そうな表情のアイリスに、逆にルイシャの方が申し訳なさを感じてくる。

「いや別に大丈夫だって、そんな重要な用事じゃないんだから」

「いえ、せっかくのデートの誘いを断るなど一生の不覚、一族の恥。魔王様とご先祖さまに顔向け出来ません……！」

「だから重く受け取りすぎだって！　ていうかしれっとデートって言ってるけど違くない!?」

「違うのですか……？」

「うぐ……そんな潤んだ目で言ったたって違うったら違う！」

「……あと少し押せばいけますね」

「ねえ、今なにかボソッと物騒なこと言わなかった？」

今後の主従関係が不安になりながらも、ルイシャはその用事が気になるので尋ねてみる。

「その用事って僕が聞いても大丈夫なやつ？」

「はいもちろんです。実は今日遠方に出ていた仲間が集まる日なんです」

「なるほど、それは確かに外せない用事だね」

アイリスの仲間の吸血鬼たちは普段キタリカ大陸の各地に散らばって魔王、そして勇者の情報収集をしている。今日はそんな仲間たちが王都に集まり、各地で集めた情報を交換し合う日なのだ。

「ルイシャ様は今日は図書館で何をなさるのですか？」

「ああ、この前見つけた勇者の情報について調べようと思ってるんだ」

「三人の仲間の話ですね。確かに王都の図書館の蔵書量はかなりのもの、何かしらの手がかりはあるかもしれませんね」

「うん。大変だと思うけどやってみるよ」

残念ながらテスタロッサとリオから大きな情報を得ることは出来なかった。

ならば自分で探すしかない。「よし」と気合を入れたルイシャは一人図書館に向かうのだった。

◇　◇　◇

王都中央にそびえ立つ王城ヴァイスベルク。

そのすぐ隣に鎮座する巨大な図書館が王国内で一番の蔵書量を誇る『エクサドル王立図書館』だ。

王都に住む者であれば誰でも無料で利用でき、子供用の絵本から魔法に関する専門的な本まで幅広く取り揃《そろ》えられているので多くの人に愛されている。

学園が休みの今日はいつにも増して利用者が多かった。ルイシャはその中に交ざり、たくさんの本を机に積み上げ、一つ一つ丁寧に目を通していた。

「これで今……何冊目だっけ？　流石《さすが》に疲れてきたなあ」

積まれた本に書かれたタイトルは『キタリカ大陸・種族の歴史』や『妖精族の伝承』や『獣人の歴史とその変遷』といったものだった。

それっぽい本を集めてはみたものの、一向に新しい情報を得ることが出来ずにいた。

「はあ、どうしよっかなー」

途方に暮れるルイシャ。この調子では全てに目を通す前に日が暮れてしまいそうだ。

これは何冊か借りてかないとダメかなー、などと思ってると不意にルイシャは声をかけられる。

「ん？　ルイシャじゃないか、珍しいな」

「あ、ホントだ～。こんにちはルイシャくん」

話しかけてきたのはクラスメイトの二人、黒縁眼鏡がトレードマークの堅物委員長ベンとおっとり系回復魔術師ローナだった。

「へ？　どうしたの二人して、珍しいじゃん」

二人が特別仲が良いイメージのなかったルイシャはその珍しい組み合わせに驚く。

学校でもあまり話してるイメージはないし意外だ。

「えへへ、次のテスト不安だなあって話したらベンくんが勉強を見てくれるって言ってくれたんだ」

「が、学友として当然の行為だっ。それ以上の理由などないからなルイシャ変なこと想像するんじゃないぞおい聞いてるのか」

顔を真っ赤にしながらまくし立てるように言うベン。

そんな彼の様子を見てルイシャは「へえ～」とニヤニヤする。あまり色恋に興味が無いと思っていた友達の意外な一面が見られて嬉しかった。

「おい聞いているのかルイシャ。釘《くぎ》を刺しておくが変な噂《うわさ》が立ったらローナさんに迷惑がかかるからここで会ったことを言いふらすんじゃないぞ」

「え～!? 私と来たのがそんなに嫌なの？」

「ち、違うんだローナさん！ 私はそんなつもりではっ！」

ぐずるローナを必死に宥《なだ》めるベン。

意外とお似合いなのかもしれない。仲良さそうにやり取りをする二人を見てルイシャはそう思った。

「……そう言えばルイシャは何をしてたんだ？ 随分苦戦しているようじゃないか」

ローナを宥め終わったベンはルイシャの方に向き直ると、机の上に積み上がった本を指し尋ねる。

「え、えーと……」

突然の質問に口ごもるルイシャ。

流石に全部の事情を話すわけにはいかないが、博識な彼であれば何かしら手がかりを貰《もら》えるかもしれないと考え、詳しい事情までは話さず調べているものをベンに説明することにした。

「実は今他種族のことについて調べてるんだ。興味があって」

「ほう。それならば私も少しは役に立てるぞ」

眼鏡を光らせ、ベンはずいと身を乗り出す。

なんでも聞けオーラがすごい。そういえばベンは特に歴史や地理に詳しかったなあとルイシャは思い起こす。きっとこの手の話は大好物なのだろう。

ルイシャは早速蛇人族《ラミア》と妖精族について聞いた。

獣人族の情報は割と手に入るが、この二種族は幾ら調べてもお伽話《とぎばなし》がいくつか残っているだけでロクな文献が残っていなかった。

流石のベンでも知らないかな、と心配になるが、それは杞憂《きゆう》に終わる。

「ほう、蛇人族に妖精族か。なかなかいいチョイスだ」

ベンはなぜか嬉しそうにニヤリと笑う。

彼は「失礼」と少し席を外すと図書館の奥の方に行き、一冊の本を持ってくる。

「待たせたな。これを読んでみるといい」

そう言って持ってきたのは有名な探検家が書いた『探検家ロビン・クルーソーの冒険』という本だった。

面白そうな本ではあるが、探しているものと関係があるようには思えない。そんなルイシャの不安を感じ取ったのか、ベンはその本をめくり説明する。

「蛇人族は希少種族、その情報は極端に少ない。人と出会った記録と言える記録はほとんど残ってない……が、たしかこの本には少しだけ記録が載っていたはずだ」

彼の言う通りその分厚い本の中にたった一ページにだけ、蛇人族に関する記述があった。

『ラミア。彼女たちは不思議な種族だ。魔族に匹敵する豊潤な魔力を持ち、それを用いて未来を見通すことができると言う。彼女たちの長である蛇王に至っては何百年も先の未来まで分かるらしい。この能力の事を彼女たちは「第三の眼《め》」と呼んでいた。ううむ、実に興味深い能力だ。もっと詳しく調べたかったが、彼女たちは、毒蛇に嚙《か》まれジャングルの中に倒れていた私を介抱し治ったのを見届けるとジャングルの中に姿を消してしまった。残念だ、もう一度会うことが出来ればいいのだが』

「『……しかし彼女たちの能力が悪用される事を考えたらヒト族はあまり関わらない方がいいのかもしれない』……か、スゴいねこの本。こんなに蛇人族について書いてある本他になかったよ！」

「フフフ、そうだろう。知識であれば君にだって負けはしないさ」

ベンは眼鏡をクイ、と上げ得意げに胸を張る。

「ありがとう。ところで妖精族の本は心当たりない？」

「ぐむ、妖精族か……。残念ながら私も妖精族のことはお伽噺《とぎばなし》以外には知らないのだよ。そもそも本当に存在するのかも疑わしい種族。さすがにこの図書館でもその情報を見つけるのは困難だと思うぞ」

「そうなんだ……」

落ち込むルイシャ。しかし蛇人族のことが分かったのは収穫だ。

「ありがとう、僕だけじゃこの本にはたどり着けなかったよ」

「これくらいおやすい御用だ。君には私もずいぶん助けられた。また何か困ったことがあったら遠慮なく頼ってくれ」

そう言ってベンは去っていき、ローナとの勉強会を再開する。

それを見送ったルイシャは「ようし」と気合を入れると、引き続き新しい情報を求め本の海に飛び込んでいくのだった。

◇　◇　◇

魔族領と人間領の狭間《はざま》に存在する関所。

ここには腕利きの門番、国境警備隊が配備されており、許可なく二つの領を行き来しようとする者がいないか目を光らせている。

ちなみに関所以外の場所から境界線を越えようとすると、即座に魔法で検知されるシステムが出来ている。

このシステムは三百年前に魔王テスタロッサにより考案され作られたシステムであり、その完成度は凄《すさ》まじく王紋《おうもん》の持ち主ですらそう易々《やすやす》とこのシステムから逃れることはできない。

この関所は二重構造になっており魔族領では魔族から、人間領ではヒト族から通行証を確認される。

国境警備隊には愛国心に富み戦闘力の秀でた者しか配備されない、いくら腕利きの者でも力づくでここを通るのは困難を極める。

しかしその許可証が悪人の手に渡ってしまった場合は、彼らでもそれを止めることは出来ない。

「〜〜〜♪」

機嫌良く鼻歌を歌いながらウラカンは許可証を国境警備隊の隊長に見せる。

それが魔王国大臣グランツが発行した正式な物だと確認すると、その人物は部下に指示を出す。

「許可証は本物だ。残りの馬車も確認しろ」

彼の部下たちはウラカンの部下が乗った残りの馬車の中を確認しに行く。

『ブルルッ』

「うおっ！　なんだこの馬！」

突然馬車を引いていた馬が鼻を鳴らし、警備隊の男が驚く。

彼が驚くのも無理はない、その馬は普通の馬の三倍の体軀《たいく》を持つ馬、グレートホースだった。

グレートホースは普通の馬を遥《はる》かにしのぐスタミナを持ち、三日三晩休まずに走り続けることができる。もちろん力も強く、一般的な木造の馬車を引くとあっという間に馬車が壊れてしまうほどだ。

なのでウラカンたちが乗る馬車も特別仕様であり、衝撃に耐えうる頑丈なボディと一軒家並みの大きさを誇る。

部下がビクビクしながらも業務をこなしているのを確認した隊長はウラカンに向き直る。

「で？　ウラカンさん、こんなにたくさんの部下を連れて人間領になんの用だい？」

ウラカン一行の馬車はグレートホースが引く大型の馬車が五台、普通の馬が引く馬車が二十台。そしてそれらに乗っている魔人は総勢二百名の大所帯だ。

これほどの数の魔族が人間領に入るなど滅多にない。許可証が正式な物とは言え怪しむのは当然だろう。

「ヒト種の国の視察ですよ。部下は確かに多いですが、次期ペルフォモンテ伯爵家当主である私とグランツ大臣閣下がおられる。少し過剰なのは目を瞑《つぶ》って欲しいですね」

彼の言った『ヒト種』という言葉に隊長は僅かに眉を顰《ひそ》める。

その呼び名はヒト族の蔑称。戦時中ならいざ知らず、今時そのような呼び方をする者は少ない。

しかし古い魔族の中にはいまだに差別意識を残した者はいる。いちいち気にしても仕方ないと思った彼は気を取り直し業務に戻る。

「視察ですか。いったいどちらに？」

「エクサドル王国の王都です。そこの王と会談がありましてね。今後の魔族とヒト種の共存について会談をする予定になっています」

「なるほど、間違いないですか大臣閣下」

そう言って隊長はウラカンと同じ馬車に乗っていたグランツ大臣に尋ねる。

「……相違ない」

大臣は短くそう答える。

この一行は明らかに怪しい。しかしそれだけでは何も出来ない、更に大臣まで相手の肩を持つのであれば黙って通す他ない。

「分かりました、通行を許可します」

後続の馬車にも不審な点はないと部下から報告を受けた隊長は、渋々ウラカンたちを通す。

無事通ることが出来たウラカンは貼り付けたような笑みを警備隊の者たちに向け「ありがとう」と言いながら関所を通過して行った。

「……よかったのですか」

その様を見ていた部下は隊長に尋ねる。

「致し方あるまい。私たちに彼らを止める権限などないのだから」

そう言いながらも彼は嫌な予感を強く感じていた。

ウラカンの顔、あれは他人を下に見ている顔だ。あの手の輩《やから》はロクな事をしない。

隊長はその事を経験で理解していた。

「奴《やつ》らのことをポルトフィーノ様の耳に入れておこう。あの方は信用できる」

「へ？　でも今回のような大規模な視察でしたらポルトフィーノ様の耳には入っているのでは？」

「だが知ってなければ大事《おおごと》だ。もし知ってても一回怒鳴られれば済む話、その時は俺が矢面に立って怒られるさ」

「か、かしこまりました」

急いで走り去る部下。

隊長は門をくぐり遠ざかっていくウラカンたちを見送りながら重いため息をつく。

「杞憂であればいいのだが……」

◇　◇　◇

「ふんふーん♪」

先頭を走る馬車の御者台に座りながら、ウラカンはご機嫌そうに鼻歌を歌っていた。

現在魔族の一行は無事人間領との関所を越え、人間領の大地を爆走していた。ゴツゴツした岩が多い魔族領と違い、人間領の大地は平地が多い。

当然馬車のスピードも上がり体に当たる風も気持ちいい。

ウラカンはその解放感を満喫していた。

「お隣よろしいですかボス」

「ん？　ああウルスか」

馬車から顔を出し話しかけて来たのは、彼の部下である大柄の魔族ウルスだった。

彼は大きな体を器用に動かして御者台に乗り移るとウラカンの隣に座る。

「随分と上機嫌ですね、鼻歌なんて珍しい」

「ふふ、ここまで思惑通りに事が進めばご機嫌にもなるさ」

ウラカンの計画で一番の難所は、怪しまれずに人間領に侵入することだった。

それさえ達成出来ればもうこの計画は成功したも同然だと彼は考えていた。

「ああ、楽しみだなあ」

ウラカンは懐から一冊の本を取り出すと、その表紙をうっとりした顔で撫《な》でる。

タイトルすら書かれていない古ぼけた本、これこそウラカンがこの計画を立てるキッカケとなった代物だった。

「ボス、それが……」

「ああ、これがこの計画の要となる本だ」

そう言って自慢気にその本をウルスに見せつけるが、彼にはその本が普通の本にしか見えなかった。もちろんそんなこと口には出さなかったが。

「素晴らしいです、ボス」

「ふふ、そうだろう？　この本を私が見つけたのは運命。天が私に魔王になれと言っているに違いないっ！」

熱の入った口調でウラカンは叫ぶ。

その瞳は暗く濁っており、側《はた》から見たら狂っているようにしか見えない。

しかし部下のウルスは彼の『狂気』を高く評価していた。

まともな者に魔王は務まらない。むしろ狂っている者でないと今の混沌《こんとん》とした世界を統率など出来ないと考えていた。

――それに彼であれば、自分の望む争いの絶えない素敵な世界を作ってくれると、そう考えていた。

「楽しみだなあウルス」

「そうですねボス」

話を切り上げしばし沈黙し、馬車の揺れを楽しむ二人。そうこうしていると二人は前方に何かを発見する。

「……ん？　何か見えるな」

「村、のようですね」

彼らの行く手に現れたのは住民二百人規模の村だった。

「ふむ、村の中を通る道は細いので、我らの馬車では通れなそうです。迂回《うかい》するという道もありますが……どう致しますか？」

「迂回しても別にたいした時間のロスは無いだろうが、それでは面白くない。ここは部下達《かれら》のガス抜きも兼ねて派手にやるとしよう」

ウラカンは右手を村の方に向けると、魔力を込め始める。

「上位広囲光線《ハイ・ラジレシオ》」

ウラカンの手から放たれる極太の光線。その光線は村の約半分を飲み込み、一瞬の内に多くの命を奪い去る。

「見たかウルス、私の魔法も中々のものだろう」

子どものように無邪気に笑うウラカン。

人の命を奪うことに対する後ろめたさなどは微塵《みじん》もないようだ。

「さて、後処理をやるとするか」

そう言って半壊した村に近づいたウラカンは、その手前でグレートホースの歩みを止めさせる。

「私は満足したからやっていいぞ、お前も溜《た》まっているだろう」

「……心遣い、感謝します」

嬉《うれ》しそうに笑みを浮かべた彼は、上半身の衣服を脱ぎ去り馬車から降りる。

「おいスパイド！　仕事だ降りてこい！」

そうウルスが叫ぶと、馬車の中から長身の男がかったるそうに降りてくる。肩にだらしなくかかった長髪が特徴的なその魔族は、腰に二振りの大きな曲刀を携えていた。

「なんだよウルス、うっせえなあ」

「仕事だ。アレ、好きにしていいぞ」

そう言って村を指さすと、スパイドの顔は急にニッコリと笑顔になる。

「ホントか!? それならそうと言ってくれよ！」

子どもの様に無邪気な笑みを浮かべながら、彼は曲刀を抜き放つ。そして壊れた建物から出てきた男性めがけその曲刀を投げつける。

「そらっ……ヒットォ！ くくく、これだからウラカンの旦那は素敵なんだ。最近の魔族は戦いの楽しさを忘れちまってる奴が多すぎる。旦那ぐらいだぜここまで好き勝手ヤらせてくれんのは」

「全くだ。魔族とはこうでなくてはな」

そうこうしている間に後続の馬車からも続々と魔族が降りてくる。そして戦っていいと知るやその瞳は爛々《らんらん》と輝き出す。ここにいる者に戦いを忌避する者はいない。

「楽しい戦の始まりだ」

ウラカンの合図を機に、魔族たちは一斉に走り出した。

◇　◇　◇

地獄絵図。そう形容する他ない状態に村は成り果てていた。

崩壊し、燃え盛る家屋の間を逃げ回る人々と、それを追い回す魔族。次々と無抵抗な村人を手にかけていく魔族たち。その中でも一人、異質な動きを見せる者がいた。

「ハッハァ！　どうしたもっと上手に逃げねえかッ！」

物凄《ものすご》い速さで曲刀を振り回し、次々と村人を血の海に沈めるスパイド。戦闘を開始して数分で両手では数え切れない人数を手にかけた彼の体は、既に返り血で真っ赤に染まっていた。

そんな凄惨極まる光景を見ながら、彼らの親玉であるウラカンは呑気《のんき》にワインを嗜《たしな》んでいた。

「戦場を見ながら飲むワインはやはり至高。たまらないね」

恍惚《こうこつ》とした表情でワインを口に含む。そしてヒト族が斬り殺される様子をうっとりと見ながらゴクリと飲み干す。

じんわりと、胃から全身に幸福が伝播《でんぱ》していく。この快感を味わう為《ため》に生きていると言っても過言では無いほど、彼は幸せだった。

しかしそんな幸福な時間は、ある人物の乱入によって終わりを迎えてしまう。

「おい！　なんだアレは!?　こんな事をするなんて聞いてないぞ!!」

「おや……大臣ではありませんかどうしましたそんなに慌てて」

怒鳴り込んできたのはウラカンの協力者、魔王国大臣のグランツだった。

相当慌てている様子で額には汗が浮かんでいる。

「何してんだお前の部下は！　もしこんな凶行がバレて儂《わし》が責任を追及されたらどうしてくれるんだ!?」

喚《わめ》き立てるグランツを見て、ウラカンはやれやれといった感じで首を横に振る。

「はあ、しょうがないですね。そこまで言うのでしたらさっさと切り上げますか」

そう言って再び彼は右手を村に向かってかざす。するとそれを見た部下たちが急いで村から離れ始める。

「おい、何をする気だ」

「そんなにバレるのが心配でしたら証拠を残さず消して差し上げますよ。超位拡散光線《フォル・バラレシオ》!!」

ウラカンの手から放たれた拡散する無数の光線。それは残っていた家屋を一瞬で消し去り、村を更地に変えてしまう。とても数分前まで村があったとは思えない。

「これでいいですか、大臣？」

「あ、ああ……」

突然の凶行に困惑する大臣。しかし彼の高い魔法能力を見て少し期待する自分がいた。

（こいつなら、本当に魔王になれるかもしれない……！）

そうなれば、彼を支援した自分の地位は今よりも遥《はる》かに向上する。大臣の胸の内に期待が膨らんでいく。

「さて、それでは出発しましょうか。こんな所とっととおさらばしましょう」

ウラカンの合図で魔族たちは馬車の中に戻っていく。いい所で中断されて少し不満げだが、いい息抜きにはなったようだ。

全員が乗ったことでグレートホースはかつて村だったそれの上を踏み締めながら進む。

その凶行を命令したウラカンはと言うと、既にその村から興味が失《う》せ、御者台の上にごろんと寝そべり空を見上げていた。

「やはりこんな小さな村では物足りない。王都にもっと私を楽しませてくれる者がいればいいのですが」

◇　◇　◇

エクサドル王国の第一王子であり、ルイシャの友人、ユーリ・フォン・エクサドリア。

彼は従者であるイブキを連れて王城の中を足早に歩いていた。

「父上から呼び出されるとは珍しい。いったい何があったのだろうか」

「確かに珍しいっすよね、いったい何やらかしたんすか？」

「僕をやらかす奴《やつ》キャラにするのはやめろ。確かに最近は頭を下げる機会が多いが……それは全部あの問題児たちのせいだ」

「じゃあまた誰かがなんかやらかしたんすかね。それでとうとう王様も怒っちゃったとか」

頭の上に角を生やすジェスチャーをしてふざけるイブキ。緊張する王子を和ませるつもりでやったのだが、ユーリはそれを見て逆に胃を痛めてしまう。

「……あながちないとも言い切れないな」

「そんなに落ち込むことないっすよ。ほら、いざとなったら俺っちも一緒にごめんなさいするんでそんなにしょげないで欲しいっす。俺っちたちは一蓮托生《いちれんたくしょう》じゃないっすか！」

「……お前くらい能天気で生きられればいいのだがな」

「え、ひど」

ガーン、という音が聞こえて来そうなほど、露骨にショックを受けるイブキ。

それを見たユーリは「ぷっ」と小さく笑う。

「ごめんごめん。冗談だからそんなにショックを受けないでくれ」

「もー、俺っちだって傷つくんすからね」

そんな風に軽口を叩《たた》きながら進んだ二人は、やがて王の私室の前に辿《たど》り着く。

ここに呼び出されることはほとんどない。公的な話であれば王座がある王の間と呼ばれる大広間で行うのが通例。そこを避けてわざわざ私室で話をするということは、他の者に聞かれたくない内密の話という事だ。

いったいなんの話なのだろうか？　疑問を抱えながらユーリは扉をノックする。

「ユーリです、父上」

「入れ」

許可を得たユーリは扉を開けて父の私室へ足を踏み入れる。

この部屋に足を踏み入れたのはいつ以来だろうか。小さい頃はよく来ていたが大きくなってからは滅多に来なくなってしまった。

質素な部屋、それが久しぶりに見た父の部屋の第一印象だ。ベッドに机、そしてクローゼットと必要最低限の家具しかなく、そのどれもが煌《きら》びやかなものではなく、一般的なグレードのものだった。この部屋を国民が見たら、誰も国王の部屋だとは思わないだろう。

これは彼の父が過剰な贅沢《ぜいたく》を好まないからだ。「もう王が贅の限りを尽くす時代は終わった」と言ったのをユーリはよく覚えていた。事実、王は外交の時や国民の前に出る時以外は派手なものを着用することはなく、食事も過度に贅沢なものは摂《と》らないでいた。

そんな父の真面目な姿がユーリは好きだった。

「失礼致します」

流石《さすが》のイブキも国王の前ではかしこまった態度をとる。

しかし兜《かぶと》は被《かぶ》ったまま。そんなに素顔が見られるのが嫌なのだろうかとユーリは疑問をもつ。

「よく来たな二人とも。今茶を淹《い》れるからそこに座ってリラックスするといい」

国王フロイ・フォン・エクサドリアは優しげな笑みを浮かべながら二人を椅子に座るように促す。

普段は厳格な国王であるが、ここでは一介の父。そう接して欲しいと言う主張が感じられた。しかし流石に立場が立場なのでそう易々《やすやす》とは受け入れられなかったのだが。

「いえいえ、お茶ぐらい私が淹れますよ父上！」

「いえいえここは自分がっ！　ちょ、王子なに抜けがけしてんですか！」

「よいのだ二人とも、たまには茶くらい淹れさせてくれ」

笑いながらフロイ王はその申し出を断る。そして手慣れた動作でお茶を淹れ始める。

「最近趣味で色々な茶葉を集めていてな。振る舞う機会もないから退屈しておったのだ」

トポポ……とお湯がポットに注がれ、茶葉の匂いがほのかに香る。世界樹の葉から作られたこの茶葉にはストレスを軽減する効果がある。フロイ王はこれから作られる茶を愛飲していた。

「さ、出来たぞ。早く座って飲むといい」

「は、はい。いただきます」

緊張した様子で父の淹れたお茶を口に運ぶユーリ。初めて飲んだ父お手製のお茶はとても美味《おい》しく、自分の緊張が解けていくのを感じた。

「おいしいです、とても」

「……ふふ、そうだろう」

得意げに笑う父の姿は、今年で四十歳を迎えるようには見えない。

ユーリと同じく煌びやかな金髪に白髪は混ざっておらず、顔つきも整っており老けた印象を受けない。

そしてその政治的手腕も若い頃から衰えていなかった。若くして国を率いる立場になった彼だが、その頃から優れた知性と行動力を存分に振るい、近隣諸国の為政者から『智《ち》王《おう》』とまで呼ばれ恐れられていた傑物だ。

そんな彼だが、少なくとも家族であるユーリとその幼なじみでもあるイブキには優しい人物だった。

「父上、ところでいったいどのような御用なのですか？　私室に呼び出すということは何か内密の話なのでしょうか」

本題を切り出すユーリ。するとフロイ王は先程までの穏やかな表情からは一変して鋭い顔つきになる。

「うむ。実は先ほどある国から使者が来たのだ」

「なるほど、大変な用件だったのですか？」

他国から使者が来ることは珍しいことではない。

それなのにわざわざ内密に呼び出すとは大変な事件でも起きたのだろうかとユーリは推測する。

「用件は『王都を訪問したい』というものだったが、問題なのはその使者がどこの国から来たかだ。その使者は自分を『魔王国の使い』と名乗った」

「な、魔王国ですか!?」

ユーリの言葉に、フロイ王は静かに頷《うなず》いて答える。

「そんな、今まで干渉して来なかったのに。何で今になって……」

想像だにしてなかった事態に、焦燥が募る。

普段は飄々《ひょうひょう》としているイブキでさえも危機感を覚え、押し黙っていた。

それほどまでに魔王国が王国に接触してくることは異常事態なのだ。

「魔王国の者とは『統一会議《サミット》』の時に顔を合わせるくらいの付き合いしかない。恨みを買った覚えはないが、前王がしたことまでは把握していない。もしかしたらその時に恨みを買った可能性もある」

前王であるフロイの父親は、悪政を敷いていたことで有名だ。十分にあり得る話だとユーリは思った。

「それで父上、いつ魔王国の者は王都に到着するのですか」

「……明日だ」

「明日ですって!?　そんなの非常識すぎる！　馬鹿にしているのか彼らは！」

ドン！　と強く机を叩き、取り乱すユーリ。頭を必死に巡らせて時間を稼ぐ方法を考えるが、彼の切れる手札では魔王国という未知の戦力をどうこうする手立ては無かった。

「落ち着け、取り乱しては相手の思う壺《つぼ》だ。王たるもの何が起きても揺らいではならぬ。王が傾けば国も傾く、それを肝に銘じろ」

息子に王の持論を説く彼の姿は実に堂々たるものだった。

その姿を見たユーリは自分の行いを恥じ、落ち着きを取り戻す。

「……すみません父上、取り乱しました」

「よい。失敗し、学び、成長することこそがヒト族《われら》の強さ。その底力は魔族にも負けん」

「はい、その通りです父上。それでまずはどうなさるおつもりですか？」

「当然招き入れる。門前払いしては難癖をつけられその場で戦闘になる可能性が高い。そうなれば国民に被害が出てしまう。まずは王城に招き入れ、市街地からなるべく遠ざける」

「なるほど、しかし奴らは何が目的なのでしょう。現在魔王国を取り仕切っている人物は理知的な人物だと聞いたのですが」

「確かにその人物、宰相ポルトフィーノは無駄な血を流すような人物ではない。使者に聞いた話によると今回の訪問の責任者はグランツという大臣らしい。彼は軍人上がりの武闘派魔族、慎重派のポルトフィーノ殿とは相性が悪いだろう。つまり……」

「今回の訪問はそのグランツ大臣の独断で行われている可能性が高い、ということですね」

先回りして結論を述べたユーリに対し、フロイ王は満足そうに頷く。

ここまで様々な情報を聞いたユーリは解決策を考える。

――あまりにも状況が悪い。相手はヒト族よりもはるかに高い戦闘能力を持った魔族。そんな者を王都の真ん中に招きこむのだ、爆弾を飲み込むに等しい行為だ。

誰なら魔族と対等に戦えるか、悩むユーリの脳裏に浮かぶのは友人ルイシャの姿。しかし彼は頭を振ってその姿を頭から消す、こんな危険なことを友人に頼むわけにはいかない。

「いったいどうすれば……」

悩むユーリ。そんな彼にフロイ王は思わぬ言葉を投げかける。

「ユーリ、お前は避難していろ」

「な……っ！　どういうことですか父上!?」

驚き立ち上がった彼は、父親に詰め寄り抗議する。

疑念に満ちた彼の目を、フロイ王は真っ直《ます》ぐに見つめ返し説き伏せるようにその言葉の真意を口にする。

「いいか、良く聞け。今最も大事なのは王家の血筋を絶やさぬこと。たとえ私に何かあったとしても、お前さえ生きていればこの国は死なぬ」

「な、しかし……っ」

自分の命よりも国の未来を案じる父の言葉。反論したくなるが言葉がいくつも浮かんでは消えていく。隣で戦いたい、頼って欲しい、死なないで欲しい。そのどれもが独り善がりな言葉だと分かっていたから、彼はそれをグッと飲み込んだ。

「すまんな、父の我儘《わがまま》を許してくれ」

震える息子の肩を優しく叩いたフロイ王は、次にイブキの方に目を移す。

「イブキよ」

「は、はいっす！」

突然話しかけられいつもの口調に戻ってしまうイブキ。

やってしまったと口元を押さえるが、そんな些細《ささい》なことを気に留めるほど彼の器は小さく無かった。

「この国の未来を託すぞ。しっかり守ってやってくれ」

「――――っ！　はい、この命に代えても必ずお守り致します」

「そうか、ありがとう」

イブキの力強い言葉に満足して優しく頷いたフロイ王は、話すことは以上だと二人を退席させ、部屋に一人になる。

椅子に深く座り、少し温くなったお茶を飲み干し、ゆっくりと息を吐き目を閉じる。

瞼《まぶた》の裏に映るのは先程まで部屋にいた二人の姿。

「二人とも、大きく、まっすぐに育ってくれた。親としてこれ以上嬉《うれ》しいことはない」

たとえ自分が倒れても国が無くなることはない。それを確信した王は一人笑みを浮かべる。

「来るがいい魔族、この国はそう易々と落ちんぞ」

目の前に山が立ちはだかるのは何も初めての経験ではない。必ず乗り切ると己に誓いを立て智王は明日に備えるのだった。

◇　◇　◇

ユーリたちがフロイ王と話している頃、ルイシャは図書館を出て帰路に就こうとしていた。

「頭がガンガンする……」

結局友人たちと別れた後も一人で調べものを続けていたが、めぼしい成果は上げられなかった。

残ったのは強い眼精疲労のみ。しょぼしょぼになった目を擦《こす》りながら暗い夜道を行こうとすると、突然何者かに呼び止められる。

「お疲れ、ずいぶん大変だったみたいね」

「……へ？　シャロ？　何でここにいるの？」

図書館を出てすぐのところに彼女は立っていた。

ルイシャは彼女に今日図書館に行くことは話していなかった。それなのに何故《なぜ》彼女がここにいるのだろうか。

「たまたま街でローナとベンに会ってね。そしたらあんたがここにいるって言うじゃない。ここで待ってて驚かせようと思ったんだけどあんたったら全然出て来ないんだもの」

「ご、ごめん……ってだったら話しかけに来てくれたら良くない？」

「嫌よはしたない。そんな事より早く帰りましょ」

強引に手を繋《つな》いだシャロは、彼の手を摑《つか》んだまま歩き出す。

されるがまま連れ立って歩くルイシャ。少し後ろめたい気持ちがある彼は口をつぐみ押し黙っていた。

「……」

図書館に行くことをアイリスに話してシャロに話さなかったのは、彼女に自分のことを打ち明けていないからだ。

魔王と竜王のこと、無限牢獄《ろうごく》のこと、そして何より伝説の勇者のこと。ルイシャはそれらの情報を一切彼女に伝えていない。

彼女のことを信頼していないわけではない。しかしそれを伝えることによって彼女がショックを受けること、そして何より自分の問題に巻き込んでしまうことが怖かった。

「ねえ、シャロ……」

「なに？」

全てを話してしまいたい衝動に駆られる……が、喉まで出かかった言葉をグッと飲み込み心の奥底にしまい込む。やはりこの話をするわけにはいかない、言えば楽になるだろうがその代わりシャロを危険に晒《さら》すことになってしまう。

「ううん、やっぱなんでもない……」

「そ」

再び訪れる沈黙。聞こえるのは時折吹く風の音と、二人の足音だけ。

やがて二人は寮の前に着く、するとシャロは握っていた手を離し、少しルイシャから距離を取る。

そして「ねえ」と切り出した彼女はルイシャの目を真っ直ぐに見つめて口を開く。

「私はルイが何を隠しているか知らないし、無理して聞き出そうとも思ってない」

思い悩んでいたことをピシャリと言い当てられて、ルイシャの心臓が跳ねる。

彼女はルイシャが何かを隠していることなど、とうに気づいていたのだ。そしてそれを言えないことに悩んでいることさえも。

全てを理解した上であえて聞いてこなかった。

「ぼ、僕は……」

「だから言わなくていいって言ってるでしょうが。何を隠してるかは知らないけど、どうせ言わないのは私のためなんでしょ？」

またしても言い当てられルイシャが驚愕《きょうがく》する。心でも読まれているのだろうか、そんな疑問さえ浮かんでくる。

「ど、どうして分かったの」

「そんなのあんたの顔見てればすぐ分かるわ。それよりいつまでも落ち込んでんじゃないわよ、見てるこっちの気が滅入《めい》るわ」

「ごめん……」

しゅんとなるルイシャ。そんな彼の姿を見たシャロは、しょうがないわねといった感じで肩をすくめると、彼に近づきその手を両手で握る。

「いい？　私はあんたを信じてる、だからあんたが今話すべきじゃないと思っているのなら喜んでそれに従うわ。だからあんたはそれを気に病む必要なんてない。わかった？」

「……うん、わかった。シャロには敵《かな》わないや」

「ひひ、当たり前じゃない。私に勝とうなんて百年早いのよ、今後も尻に敷いてあげるから覚悟しなさい」

そう言って意地悪そうに笑う彼女を見て、やはり敵わないやとルイシャは思うのだった。

第二話 ─◆─ 少年と魔族と潜伏する悪意

「はあ……帰りてえなあ……」

何度目か分からないぼやきを口にした後、王都正門門番、カルロス・モーンは重いため息をつく。

彼は門番という仕事に誇りを持っている。よく比較される騎士団と比べると地味に見えるこの仕事だが、王都を守るにはなくてはならない仕事だ。

この道二十年の大ベテランである彼は、今までどんな権力者が相手だろうと堂々と対応してきた。

しかし今日来訪する人物に対しては、その誇りも消え失《う》せるほどの恐怖心を持っていた。

「まさか魔族が来るなんてな。俺が生きてる間にこんな大事件が起こるとは思わなかったぜ」

ヒト族と魔族の関係は途絶えて久しい。

なのでほとんどの人は魔族を直接目にする機会などない。あるとすれば政治に関わる者、または世界中を旅する冒険者ぐらいのものだ。

そのため一般人の魔族に対するイメージは、本や昔話に出てくる魔族のものしかない。

そういった物語に出てくる魔族というのは、たいてい超のつく悪役として描かれる。当然カルロスの中の魔族のイメージもそうなっており、魔族という種族に強い恐怖心を抱いていた。

そんな彼の不安心を感じ取ったのか、カルロスの横に立った人物が声をかける。

「どうした？　いつもの元気はどこに行ったんだカルロス」

「え、エッケル騎士団長！　すみません、情けないところをお見せして……」

申し訳なさそうに頭を下げるカルロス。その先にいたのはエクサドル王国最強部隊『エクサドル王国騎士団』の団長、エッケル・プロムナードであった。

二メートルを超す巨体と巨木の如《ごと》き太い手足。短く揃《そろ》えた金髪に薄く日焼けした肌。その筋骨隆々の肉体に負けず劣らずゴツい顔は、お世辞にもイケメンとは言えないが不思議な愛嬌《あいきょう》を持っていた。

彼こそ『王国の盾』の異名で大陸中に名前を知られる王国最強の騎士だ。

その実力は大陸一の剣の使い手と名高い『帝国の剣《つるぎ》』の異名を持つ帝国兵士とよく比較されるほどだ。

普段はフロイ王の守護を担当し、その側《そば》から片時も離れないエッケル。しかし今回は王都の非常事態のため、危険ではあるが一旦王のもとを離れ、魔族が入って来るのを監視しにきたのだ。

普段は門番と共に仕事をすることなど無いので、門番たちも浮き足立っていた。平民から王直属の騎士にまで成り上がった彼は、王国の男子なら一度は憧れる存在なのだ。

（最初は魔族を出迎えるなんて最悪だと思っていたけど、エッケル殿がいるなら安心だ……！）

カルロスだけでなく、他の門番と騎士たちも同じ気持ちだった。

優秀な戦士はいるだけでその場の士気を上げる。彼が正門《ここ》に来たのは純粋な戦力補強だけでなくそういった意味合いもあった。

「――――来た」

目を細め、エッケルは小さく呟《つぶや》く。

言葉に反応し街道の先に目を向けると、確かに何やらこちらに近づく影が見えた。

最初に認識できたのは馬。やけに遠くからでも形がはっきり分かるなと思う門番たち。

その理由はすぐに分かった。

「……おい。なんだあの馬、デカすぎねえか⁉」

彼らが驚くのも無理はない。その馬は魔族領にのみ生息する特殊な馬『グレートホース』なのだから。

驚き慌てふためき彼らとは対照的に、騎士団長エッケルは静かにそれを見据えていた。

「あの大きさでは王都には入れないではないか。舐《な》めた真似《まね》を……」

魔族領にも普通の馬はもちろん存在し、そちらの方が一般的に使われている。それなのにわざわざグレートホースを使うというのはこちらに対するあからさまな挑発行為だ。しかしそれを突いても、のらりくらりと躱《かわ》されてしまうだろう。それどころか「そんなことも想定していなかったのか」と反撃されかねない。エッケルはそこまで考え部下に指示を飛ばす。

「今すぐ馬車をありったけかき集めてこい！　すぐにだ！」

突然の命令だが部下たちはすぐさま動き王都の中に散って行く。それを見届けたエッケルはもうすぐそこまで近づいてきた馬車を出迎える。

「これはこれはヒト種のみなさん。お出迎えありがとうございます。私《わたくし》はグランツ大臣の部下ウラカンと申します。どうぞお見知り置きを」

そう言って馬車から飛び降りたウラカンは恭しく一礼する。

それに続いて大臣のグランツも姿を現しウラカンよりも前に出る。

「魔王国大臣グランツ・マセラッティだ。出迎え感謝する」

初めてみる魔族、その姿と体から放たれるヒト族とはケタ違いの魔力に門番と騎士たちは腰がひける。

しかし歴戦の猛者であるエッケルは一歩も引くことなく彼らに近づく。

「はるばるこのような所まで足を運んでいただき感謝致します。私はエクサドル王国騎士団団長エッケル・プロムナードと申します、どうぞお見知り置きを」

　エッケルの名前を聞いたグランツはぴくり、と眉を動かす。

「ほう、わざわざ『王国の盾』が出迎えてくれるとはな。貴公の武勲は私も良く知っている。お互い平民から成り上がった身、気が合いそうだ」

「恐縮です。私も貴方《あなた》の残した武勇伝は耳にしております、一度その力をこの目で見てみたいと思っていました」

　エッケルの言葉に、グランツは小さく笑みを浮かべる。

「くく、それは光栄だ。────であればどうだい？　ここで少し力比べでもしてみないか？」

　瞬間彼の体から闘気が吹き出し、エッケルの体を包み込む。

　物凄《ものすご》い重圧がエッケルの体にかかりその体を押し潰さんとするが、鍛え上げた鋼の肉体がそれに抗《あらが》う。

「…………」

　エッケルは返事をせず、静かに睨《にら》み返す。

　二人の視線が空中でぶつかり激しい火花を散らす。一触即発の空気に周りの者たちは戦々恐々とする。

「ちょっと大臣、お戯れはそれくらいにして頂けませんか？　喧嘩《けんか》しに来たわけじゃないのですから」

「……ああ分かっているさ。悪いね騎士団長殿、いい戦士を見るとついちょっかいをかけたくなってしまう」

ウラカンが割って入った事で場の空気は弛緩《しかん》する。

なんとか戦闘を避けることができ、心の中でエッケルはホッとする。

「さて、ところでウチの自慢の馬車では王都の道を通れなそうなのですが……どうすればよろしいでしょうか」

「ご安心くださいウラカン殿、こちらで用意した馬車がございますのでそれで王城まで向かっていただきます。そちらの馬は正門前で騎士が世話をするのでご安心を」

「なるほど、ちゃんとグレートホースで来ることも想定してらしたんですね。ありがとうございます」

「いえいえ、当然の配慮です」

背中に汗をかきながら、堂々と嘘《うそ》をかますエッケル。

頼む。心で願いながら振り返ると、正門に向かって猛スピードで向かってくる馬車が目に入る。どうやら間に合ったようだ。

「お、おまたせっ、いたし……ました」

肩で息をしながら騎士はその馬車の扉を開け、まずはグランツとウラカンを乗せる。そしてその馬車が進み出したのを見計らってエッケルは部下を労《ねぎら》う。

「よくやった。ひとまずあの二人さえ送り出せれば、後の魔族は少し遅れても大丈夫だろう」

なんとか最初の障害を乗り切り、ホッとする。

しかしまだ戦いは始まったばかり。「よし」と気を引き締め直した彼は、愛すべき王都を守るためウラカンらに続き王城に向かうのだった。

◇　◇　◇

魔族の一団が王都を訪れたという前代未聞のニュースは、次の日には王都中に広がっていた。

ウラカンたちは堂々と正門から入り、大通りを通って王城に入った。用意した馬車に乗ったとはいえかなりの人の目に留まっている。

おまけに正門近くにはグレートホースと巨大な馬車が鎮座している。噂《うわさ》が広まるのも当然だ。

ルイシャが在籍するZクラスでも当然その話題で持ちきりだった。

「ねえ、ルイ、ルイは魔族の件ってなにか知らないの？」

「……面倒ごとには僕が関わってると思ってるでしょ。悪いけど僕も何も知らないよ」

シャロの質問にルイシャは答える。

大きな魔力がたくさん入ってきた事、そしてそれが魔王テスタロッサに少し似ている魔力だということには気づいていた。

まさか魔族が来たわけじゃないよね……と不安になっていたルイシャだったが、悪い予感は当たってしまった。

「ルイが知らないんじゃユーリに聞くしかないわね。……それにしても魔族が王都にいるなんて嫌な感じ。早く帰ってくれないかしら」

「そう……だね」

魔族に対する嫌悪感を感じるシャロの言葉を聞き、ルイシャの気は重くなる。

ルイシャは魔族が悪い人ばかりじゃないことを知っている。彼らは身体的特徴と有する能力こそヒト族と大きく違うが、その心はなんら変わらない。

悪い人もいれば当然善い人もいる、そんな当然のことを多くのヒト族は理解していなかった。

(テス姉が戻ってきた時、ヒト族と仲良くできるように少しでも偏見を減らせればいいけど……)

前々から考えていたルイシャだが、名案は思いついていなかった。ヒト族が持つ魔族への偏見はそれほどまでに根深かった。

「アイリスはうまく隠しているよね。今までバレたことはないの？」

シャロから離れたルイシャは、吸血鬼の少女アイリスにこそこそと声をかける。

彼女は普段、翼と尻尾を隠し生活している。耳が少し尖《とが》ってはいるが、亜人にはよくある特徴なのでそこから特定されることはない。

「はい。魔族だとバレれば大変な騒ぎになりますから私たち一族は細心の注意を払っています。幸い私たち吸血鬼は一般的な魔族と比べて角が小さい上に変身能力に長《た》けているのでバレる心配は限りなく少ないです」

進化の過程で吸血鬼は角が小さくなり、ついには髪に隠れる程の大きさになった。尻尾や翼と比較して隠しづらい角が見えなくなったことで彼女たちはヒト族の社会に溶け込みやすくなった。

しかしそのせいで今度は魔族領で浮く存在となってしまったので、偽物の角「義角《ぎかく》」を付けなくてはならなくなってしまったのだが、隠すよりは付ける方が楽と割り切っている。

「ところでアイリスは魔族が来た件は何か知らないの？　一昨日他の吸血鬼の人たちと会ったんでしょ？」

魔族である彼女なら何か知っているはず、そう思い聞いてみるが彼女は申し訳なさそうに首を横に振った。

「……申し訳ありませんが分かりません。魔族領にいた者からも話を聞いたのですが、エクサドル王国への使者などという情報は入手できていないそうです。ただ……」

「ただ？」

「調べによると今回王都に来た魔族の中にウラカンという名を名乗る者がいるらしいのですが、彼は色々と黒い噂がある人物のようです。素行の悪い者とつるみ、伯爵である親の名前と金を使ってあくどいことにも手を染めているらしいです」

「魔族のウラカン……か。覚えておいた方が良さそうだね」

話に一段落ついた所でタイミング良く担任のレーガス先生が教室に入って来る。彼は生徒が全員席に着くのを確認し授業を始めようとする。

「えーじゃあ全員揃《そろ》っているみたいだから授業を始めるぞー」

「先生、まだユーリとイブキが来てませんよ？」

ルイシャの言葉通り二人の姿は教室を見渡してもどこにもなかった。

二人は入学してから無遅刻無欠席を守り抜いている。何かあったのだろうかとルイシャは心配になる。

「あー、そのことなんだがな。体調不良と連絡があった。なのでしばらく学園を休むそうだ」

体調不良。普段であればその言葉に引っかからないが、今は魔族が王都にいる非常事態。

どうしても嫌な予感が頭から拭いきれない。

「そうだ、急で申し訳ないが今日の授業は午前中のみになった。もうみんな知ってると思うが魔族の件で学園も色々ゴタゴタしててな、午後から職員会議をやることになったんだ」

ユーリの休校、授業の短縮。突然起きた二つの出来事にクラスメイトたちはざわつく。

ルイシャはモヤモヤした気持ちを抱えたまま、授業を受けるのだった。

◇　◇　◇

「い、いったいどうすれば……」

椅子に座ったルイシャは両サイドからスイーツを顔に押し付けられ、困惑していた。

押し付けているのはシャロとアイリス、二人ともカフェにいるとは思えない真剣な面持ちだ。

このような事態になった経緯を説明すると、授業が終わり学園から出たときに遡る。

授業が午前中に終わったことでルイシャはお昼ご飯をどうしようか悩んでいた。普段は学食で済ますことが多いのだが、今日はもうずっと空き時間なのでどこかで外食しようかななどと考えているとシャロに話しかけられる。

「ねえルイ、もしこの後ヒマだったらちょっと付き合ってくれない？　行ってみたいところがあるんだけど」

そう言って彼女がルイシャに差し出したのは一枚の紙だった。そこにはオープンしたばかりのオシャレそうなカフェの絵と店名が書かれていた。

「ここ、最近出来たんだけど気になってたの。評判も良いみたいだし行ってみない？　まあ嫌っていうんならまた今度でも良いけど……」

「いいね！　行ってみようよ！」

乗り気なルイシャの反応に、シャロは「そ、そう？　じゃあ行きましょう」と嬉《うれ》しそうに笑う。

こうして意気揚々とカフェに行った二人は、オシャレなオープンテラス席に案内される。

丸くて可愛《かわい》いテーブルの席に着いたシャロだが、彼女は不満げな様子だった。その理由はルイシャを挟んで向かい側に座っている人物にあった。

「……なんであんたがいんのよ」

シャロがルイシャを挟んで向かい側に座っているアイリスを睨みつける。しかし彼女はシャロの怒りなどどこ吹く風といった感じでしれっとしていた。

「私がルイシャ様と一緒にいるのは当然です。私といるのが嫌なのであれば貴女《あなた》が別の場所にいかれては？」

「きー！　そんなに喧嘩《けんか》売りたいなら買ってやるわよ！」

「ちょ、二人ともやめてよっ！」

店中で一勝負おっ始めようとする二人をなんとか宥《なだ》めるルイシャ。

しかし依然として二人の間には火花がバチバチ散っており、間にいるルイシャは非常に居心地が悪かった。

「よ、よろしいでしょうか？　注文されたものをお持ちしましたが……」

「ああはい、どうぞ！　騒がしくてすみません……」

近づきづらそうにしていた店員に頭を下げ、注文していた料理を受け取る。

ルイシャが頼んだのは生クリームたっぷりのパンケーキ、シャロは苺《いちご》がふんだんに使われたショートケーキ、アイリスはいろんなフルーツが入ったクレープだった。

「いただきまーす」

大きく口を開け、パンケーキを頬張るルイシャ。大きめに切ったので口に入り切らなかったクリームが口元についてしまう。

「ふふ、口元が汚れてらっしゃいますよ」

それを見たアイリスが、ハンカチでルイシャの口元を拭う。

「んむぐ……ぷは、ありがと」

「いえいえ、とてもかわいらしかったですよ」

微笑《ほほえ》ましいやりとりをする二人。そんな仲睦《むつ》まじい様子を見たシャロは苛立《いらだ》ちを隠せない様子でアイリスを睨《にら》んでいた。

（こいつ、見せつけるようにやってるわね……！　良い度胸してるじゃない！）

何か反撃しなければ。そう考えて視線をルイシャに移すと、なんとアイリスが拭いたのとは逆側の頬にクリームが残っているではないか。

しかし普通に拭いてもアイリスと同じになってしまう。

何かもっと強烈なことをしなきゃ。そう考えた彼女は覚悟を決め、思い切った行動に出る。

「ねえルイ、こっち向いて」

「ん？　どうしたの？」

「えいっ」

顔がこちらに向いた瞬間、彼女は身を乗り出してルイシャの顔に自分の顔を近づける。

そして何と彼の頬に付いているクリームをぺろっと舐《な》めてしまった。

「ふふっ、ごちそうさま」

シャロは顔を真っ赤にさせながらも平静を装いドヤ顔をする。当然人がたくさんいる前で頬を舐められたルイシャも顔を真っ赤にさせて驚く。

「ちょ、なにすんのさ！」

「なによ。嫌なの？」

「いや別に嫌ってわけじゃないけど……」

「じゃあいいじゃない」

　そう言い切ったシャロはアイリスに向かって挑発的な笑みを浮かべる。

　あからさまな挑発。普段は冷静沈着なアイリスだが、ことルイシャが絡むとその限りではない。意地になった彼女は強引にルイシャの腕に自分の腕を絡めると自分の方に引き寄せる。

「ルイシャ様、私のも食べてみませんか？」

　そう言って自分のクレープをルイシャに近づける。どうやら食べ物の力で無理やり気を引こうとしているようだ。

　それを見たシャロもルイシャの腕を掴《つか》み自分のもとに寄せると、自分のケーキを一口大に切りルイシャの口元に近づける。

「ルイは私のを食べたいでしょ？　ほら、あーん」

　傍《はた》から見れば、二人の美少女から食べ物を食べさせてもらえる夢のような状況。しかし二人がとても険悪な仲だということを知っていれば地獄のような状況と言える。

　どっちかを取ればどっちかが悲しむ。そんなこと出来ないルイシャは腕に当たる胸の感触など気づかないほど混乱する。

「い、いったいどうすれば……」

頭をフル回転させて最善の道を探るルイシャ。

（考えろ！　何か、何か方法があるはず…………そうだ！）

何十回にも及ぶシミュレーションの末、一つの回答にたどり着いたルイシャはすぐさまそれを実行に移す。

「二人ともごめん！　気功歩行術、『縮地』っ！」

縮地とは、高速で何度も地面を蹴ることでまるで瞬間移動したかのような速さで移動する技だ。

それを使ったルイシャはバンッ！　という破裂音とともに姿を消す。

「「……え？」」

突然の出来事にポカンとするシャロとアイリス。ルイシャがいた場所に残ったのは空になったお皿とパンケーキの代金のみ。どうやらあの一瞬で残ったパンケーキを頬張り代金を置いて逃げたらしい。

そんな彼の律儀な行動に「……ぷっ」とシャロは笑う。

「ったく、お金なんて後で払えば良いのに」

そう言って優しげな笑みを浮かべるシャロに対し、アイリスは極めて無機質な表情を浮かべながら席を立つ。

「あら、もう帰るの？　せっかく良い席が取れたんだからゆっくり食べればいいじゃない」

「ルイシャ様がいない以上、ここにいる理由はありません。どうぞお一人でゆっくりと楽しんでください」

彼女の突き放すような言い方にシャロは強い『拒否』の意志を感じ、眉をひそめる。

「なんであんたそんな言い方しかできないわけ？　私あんたに嫌われるような真似《まね》した？」

「…………っ」

シャロの疑問に、アイリスは言葉が詰まる。

言えるわけがない、『尊敬する魔王様を封印した勇者の子孫と仲良く出来ない』などと。

アイリスは聡明《そうめい》な人物だ。いくらオーガが悪いことをしていたとしても、子孫であるシャロには全く罪はない。それにルイシャが彼女と仲良くしているのだから自分も敵意を向けるべきではない。

そんなことは分かっている。分かっているのだ。

しかしいくら頭で分かっていても、心を開くことが出来なかった。

「……これ以上話すことはありません。さようなら」

無理矢理話を切ったアイリスは、背中を向けて去っていく。あまりに強い拒絶に、さすがのシャロもその背中を追うのを諦めた。

「はあ」

一人で席についたシャロはため息をつく。

「一人で抱え込んでんじゃないわよ、ばか」

アイリスの何かを抱え悩んでいるかのような瞳に昔の自分を重ねた彼女は、寂しげに呟《つぶや》くのだった。

◇　◇　◇

翌日の昼下がり。ルイシャは二人の友人、ヴォルフとバーンと共に王都を歩いていた。

いつもであればシャロとアイリスもついてくるところだが、アイリスは用事、シャロは気が乗らないらしく、珍しく男たちのみで行動していた。

ちなみにこの日も前日と同じく授業は午前中で終わった。担任のレーガス曰《いわ》く生徒の保護者から休校を求める声が多いらしくその対応に追われているらしい。いくら王城と学園に距離があるとはいえ、魔族が王都にいるなか通学させるのは怖いのだろう。

ルイシャたちが歩いている商業地区の大通りもいつもより人が少なく感じる。ルイシャの隣を歩く赤いモヒカンが特徴的なクラスメイトのバーンも辺りを見ながら不機嫌そうに呟く。

「なぁんか、嫌な感じだな。こういう暗い空気苦手なんだよな」

人通りが少ない上に、歩いてる人は不安げな顔をしている者が多い。みな足早に歩いており早く用を済ませて帰りたいという気持ちが出ている。

「まあしょうがねえだろ。なんてったって相手は魔族、ビビんなって方が難しい」

「へえ、ヴォルフがそんなこと言うなんて珍しいじゃねえか。ビビってんのか？」

珍しく弱気なことを言うヴォルフをバーンはからかう。

普段であればそのからかいにヴォルフが怒り、それをルイシャが宥める流れになるのだが今日は少し違った。

「ビビるってのは少し違うが、まあ好んで戦いてえ相手ではねえわな」

「へえ、意外だな。好戦的なお前らしくもない」

「うっせえな。魔族は獣人にとっちゃ天敵みてえなものなんだよ。近距離戦法は得意な獣人《おれたち》だが、その代わり魔法はほとんど使えねえ。だから強力な遠距離魔法を使える魔族とは相性が悪《わり》いんだよ」

その話はルイシャも知っていた。

魔族に滅ぼされかけた昔の獣人は、同じ境遇にあったヒト族と手を組んで魔族に立ち向かい、その後紆余曲折《うよきょくせつ》あって和解に至ったのだ。

「ふーん、そんなに恐ろしいもんなのかねえ魔族ってのは」

しかしあまりピンと来ていない様子のバーン。

そんな彼に対し、ヴォルフは「だがな」と切りだす。

「ずっと魔法を苦手なままでいる気はねえ。まだ構想段階だが魔法に対抗する技も考えてんだ。それが完成したら魔族にだって負けやしねえぜ」

「はは！　いいね、さすが俺の友達《ダチ》だ。そうこねえとな！」

すっかり気が良くなったバーンと共に、ルイシャは一つの小さな露店に到着する。

その店ではスキンヘッドでガタイのいいおっさんが一人で串に刺した肉を焼いていた。

ルイシャは店主に近づくと大きな声で話しかける。

「おじさん、大串三本ちょうだい！」

「ん？　おおルイシャの坊主じゃねえか！　お、ヴォルフとバーンまで来てくれたのか。こんな時に来てくれっとはありがたいねえ」

スキンヘッドにねじり鉢巻が特徴的なこのおっさんの名前はマーカス・マクミラン。少し前にヴォルフと揉《も》めたことでルイシャと顔見知りになった商人だ。

自分のところの商品をヴォルフが盗んだと勘違いしたことで二人の仲は険悪だったが、誤解が解けマーカスが素直に謝罪したことによりその溝は埋まった。

今ではルイシャとヴォルフはよくマーカスの店に足を運ぶようになっていた。

「俺のはいつも通りレアで頼むぜマーカス」

「わーってるよヴォルフ、特別にデカい肉選んでやっから大人しく待っとけ！」

色々と手広く商売をやっているマーカスだが、今力を入れているのはギガバッファローの肉を使った串料理。歩きながら食べられる手軽さと安価でボリュームある肉料理が食べられるとあって学生のみならず冒険者にも受け、繁盛している。

当然ルイシャたちも気に入っており、クラスメイトの男子連中はみんな一回は来たことがあるほどだ。

王都には冒険者も多いので、昼ごろは行列が出来ていることが多い……のだが、今日は人が全然並んでいない。それに気づいたルイシャはマーカスに尋ねる。

「やっぱり今日はお客さんが少ないんですか？」

「ああ、昨日から客足はガッツリ減っちまったよ。聞くところによると逃げるように王都を出て行った冒険者も結構いるらしい。一体どうなっちまうんだろうねこの国は」

はあ、と重いため息をつくマーカス。

確かに露店の中には未調理の肉が山積みになっている。いつもなら昼過ぎには底をつく在庫だが、今日は半分以上残りそうだ。

「ほい出来たぞ小僧ども、ようく噛《か》んで食うんだぞ」

そう言って肉汁滴る串焼き肉を、ヴォルフに手渡す。宣言した通り平均的なそれよりも肉は大きめ、それに気づいたヴォルフは嬉《うれ》しそうに笑みを浮かべる。

「うおっ美味《うま》そう！　サンキューなおっさん！」

「おっさん言うんじゃねえ！　俺はまだ三十代前半だ！」

怒鳴りながらもマーカスはどこか嬉しげな様子でルイシャとバーンの分も肉を焼き、手渡す。

「ほらよ、あちぃ内に食いな」

「いただきます！」

「っしゃあ！　腹がペコペコだぜ！」

ヴォルフに続き二人も一心不乱にかぶりつく。

噛んだ瞬間ガツンと口の中を叩《たた》く肉の旨味《うまみ》と肉汁。そして次の瞬間鼻を通り抜けていく香辛料の香り。この刺激と味の濃さが男子の心を摑んで離さないのだ。

「うっめー！　やっぱり肉串はここのが一番だな、なあルイシャ！」

「もぐ、むぐむぐ。そうだね、やっぱりマーカスさんのとこのは他の所と違うね」

「だっはっは！　そうだろそうだろ！　なんたってウチは素材だけじゃなく焼き石にもこだわってるからな！　他の有象無象の模倣店とは格がちげえんだよ！」

鼻高々に笑うマーカス。自慢の商品が褒められたことが余程嬉しかったようだ。

他に客もいないので店前で喋《しゃべ》りながら楽しく食事する一行。そんな中今まで上機嫌だったヴォルフの表情が突然曇る。

「……ん？」

眉をひそめ、クンクンと辺りの匂いを嗅ぎだす。それに気づいたルイシャは尋ねる。

「どうしたの？」

「いや、なんか変な嗅ぎ慣れないにおいがした気がして……」

「変なにおい？」

ルイシャも鼻をすんすんと鳴らすが、肉のいい匂いしかしない。

自分では分からないけどヴォルフは獣人、その嗅覚はヒト族をはるかに凌《しの》ぐから本当に何かあるのかもしれないと思ったルイシャは辺りを見回す。

「うーん……」

しかし見たところ変わった様子はない。いつもより人通りが少ないだけで見慣れた通りだ。

「俺の気のせいかもしれねえんで気にしないで大丈夫ですよ大将」

「いつもならそれで済ませてもいいんだけど、今は時期が時期だからちょっと気になるんだ」

ルイシャは目を閉じて神経を集中させると、辺りの魔力を探知し始める。

普段から魔力探知をしているルイシャだが、それはざっくりとした魔力の大きさと位置しかわからない簡易版だ。本気の魔力探知なら、その者の魔力の性質や状態を見抜くことができる。

（この人は……違う、この人も普通の人だ。それでこの人も……って、あれ？）

ルイシャの魔力探知に引っかかったのは、少し離れたところを歩いている屈強な三人組の男たちだった。

一見すると普通のヒト族にしか見えない三人だが、よく観察するとその魔力は揺らいでいる。この特徴は何かしらの魔法を発動している状態によく見られる。

「あの三人、なんかあるかも」

「どれどれ……確かにあっちの方から微《かす》かにさっきのにおいがしてる気がしますぜ」

顔を見合わせた二人は、同時に頷《うなず》き合う。

「勘違いかもしれないけど、一応追ってみよう。何かあってからじゃ遅いからね」

「そう言ってくれると思ってたぜ大将。俺も手伝いますぜ」

「うん、頼りにしてるよ！」

そう言うやルイシャとヴォルフは男たちの後を追いかける。

「ちょ、待って！　俺も行く！」

バーンも慌ててその後を追おうとする……のだが後ろからガシッ！　と肩を摑《つか》まれる。

おそるおそる後ろを振り返ってみると、そこには鬼のような形相のマーカスが立っていた。

「悪いがウチはツケは無しでやってんだ。金、払ってって貰《もら》うぜ……？」

「わ、わかったって！　えーと……ほら、これで足りるだろ!?」

「三人分」

「うっそ！　あいつらの分も払うのかよチクショウ！」

「金がねえなら働いて払ってもらうぞ、こっちに来い！」

「ちょ、勘弁してくれー!!」

必死の抵抗も虚《むな》しく、バーンは捕まってしまうのだった。

◇　◇　◇

「今のところ変わった様子はないね……」

隠れながら怪しい男たちを追うルイシャとヴォルフ。

その男たちはお喋りしながら通りを歩いているだけで特に変わった様子は見られなかった。

「本当に普通の人たちなのかな……ん？　どうしたんだろ、急にお姉さんたちに話しかけ始めたよ」

「奴《やつ》らナンパしてやがる、軟派なやつらだぜ」

男たちは下卑た笑みを浮かべながら二人組の女性に話しかけ始めていた。

下心丸出しな上に三人で二人を囲んでいるので女性たちは見るからに怖がっていた。

なんとか隙を見て逃げようとはしているのだが、彼らは絶妙な立ち回りでそれを塞ぐ。

そしてなんと二人の手を摑むと、力づくで引っ張り近くの路地裏に引きずり込んでしまった。

「ヴォルフ！」

「分かってるぜ大将！」

一斉に駆け出し路地裏に入る二人。

するとそこでは女性の体を無理矢理押さえつけようとする男たちの姿があった。

「や、やめてください!!」

「大声出しますよ!!」

女性たちは必死に抵抗するが、男たちの力は強くあっという間に地面に押し倒されてしまう。

「黙りな！　ヒト種風情がナメた口利いてんじゃねえぞ！」

「俺たち、たまってるんだよね。そんなわけで少し相手して貰うぞ」

「ヒト種とヤんのは初めてだ。くく、いい土産話が出来るぜ」

あまりの恐怖に「ひ……っ」と声にならない声をあげる女性二人。もはやこれまでと思ったその瞬間、ルイシャがその場に駆けつける。

「その人たちから……離れろっ！」

走ったスピードそのままにルイシャは男たちを蹴り飛ばす。突然ものすごい勢いで背中を蹴られた男たちは「ふぐっ！」とうめき声を上げながら路地裏の奥の方に吹き飛ぶ。

「ヴォルフ！　見張りお願い！」

「あいよ大将！」

ルイシャはヴォルフに男たちの監視を頼むと、倒れているお姉さん二人を抱きかかえ、路地裏から脱出する。そして抱え込んでいた二人を優しく地面に降ろすと、心配そうに二人の顔を覗《のぞ》き込む。

「大丈夫ですか、怪我《けが》はありませんか？」

突然の出来事に頭がついていかず、「「はい……」」と呆《ほう》けた顔で返事をする二人。

そんな彼女たちの無事を確認したルイシャは心底嬉しそうな顔で「よかった」と呟《つぶや》く。

そのルイシャのかわいさと格好良さを兼ね備えた笑みに、二人のお姉さんの母性はずきゅんと打ち抜かれてしまう。

「ね、ねえボク！　お礼したいからお姉さんとどこか行かない？」

「ちょっと抜け駆けしないでよ！　私が先に声かけようとしたのに！」

「あ、あはは……大丈夫そうですね……」

そう判断したルイシャは、迫ってくるお姉さん二人を説得しこの場から逃げてもらう。

そして再び路地裏に入っていくと、ちょうど蹴り飛ばした男たちが立ち上がりこっちに近づいてきていた。

「おいガキ、いい度胸してんじゃねえか。そんなに死にてえなら殺してやるよ……！」

お楽しみを邪魔され、相当キレている様子の男たち。

鬼のような形相で殺気を向けてくるが、ルイシャとヴォルフは一歩も引かなかった。

「チッ、言っても分からねえなら体に教えてやるしかねえよな！」

二人の男が同時に走り出す。一人は剣を抜き放ち、もう一人は手に魔力を溜《た》めている。

「ヴォルフ！」

「おう！」

ルイシャの言わんとしていることを一瞬で理解したヴォルフは、剣を振りかぶる男に向かっていく。

（魔力の低い俺は魔法防御力も低い、だが普通の剣だったら負けはしねえ……！）

ヴォルフは拳を思い切り握りしめ、振り下ろされる剣の腹を横から殴りつける。

獣人が本気で握った拳の硬さは、鉄のそれを凌駕《りょうが》する。ヴォルフの拳を食らった剣は真ん中で綺麗《きれい》に折れてしまう。

「なっ!?」

自慢の剣がへし折れ、男は驚愕《きょうがく》し動きが止まる。その隙を見逃さず、ヴォルフは左腕でアッパーカットをくり出す。

「くらいやがれっ!!」

ヴォルフの拳は男の顎を的確に打ち抜く。メキキ、という骨の砕ける音が鳴り、男はそのまま膝から地面に崩れる。

「て、てめえ!」

仲間がやられたことに激昂《げきこう》したのは、魔力を溜めていた方の男。ルイシャからヴォルフに狙いをかえ、魔法を放とうとするがその前にルイシャが魔法を放つ。

「高速雷撃《ソニサンダー》!」

超高速で発射された雷が男の体を貫く。叫ぶ暇なく全身を衝撃が駆け巡り、男は口から黒い煙を出しながらドサリと倒れた。

「これで数はこちらが有利になりました。まだ続けますか?」

一人残った男に、ルイシャはそう声をかける。

「く、くそが……!」

獲物を取られただけでなく、仲間までやられ怒りが頂点に達する男。

絶対に殺す。そう心に決めた男は、守らなくてはいけない約束を破ってしまう。

「こうなりゃヤケだ。殺してやるよ下等なヒト種が！」

男はそう叫ぶと首からぶら下げていた金色に光るネックレスを外し、地面に投げ捨てる。するとと男の頭から角、背中から翼、そして尻から尻尾が突然現れる。そしてそれと共に彼の体から濃密な魔力が溢《あふ》れ出し、狭い路地裏の中に充満する。

「その姿は……！」

「くくく、驚いたかガキが。今更謝ったってもう遅いぜ」

頭部に生えている二本の角、背中に生えている翼、先端の尖《とが》った尻尾。そして体から放たれる独特な魔力。そのどれもが彼が魔族であると示していた。

ルイシャも当然その可能性を考えていたが、実際にその姿を目にするとショックが大きい。

「よく今までその魔力を隠せてましたね……」

「さっきまで付けてたネックレスは魔道具でな、魔族であることを隠す力がある。完璧に隠すことができるわけじゃないが……まあ馬鹿なヒト種なんざほぼ気づかないだろう」

そう言って男はくく、と笑う。

確かにヴォルフがにおいに違和感を抱かなければルイシャも気づくことはなかった。だとするとかなり危険な魔道具だ。もしかしたら思ったよりも危険な状況なのかもしれない、ルイシャは心の中で焦りを覚えた。

「だがこのネックレスを付けてると魔族本来の力を発揮できない。だからそこの二人はやられちまったが……この姿に戻った俺に負ける理由はない。覚悟しなッ！」

翼を広げ、猛スピードでルイシャに向かって飛び殴りかかってくる。魔族本来の力を取り戻したことで、その動きは先ほど倒した者たちよりもずっと速く力強いものとなっていた。

魔族の筋力量はヒト族の二倍、魔力に至っては五倍はあると言われている。成人で、しかも戦闘経験豊富なその魔族は、劣等種族であるヒト種になど負けないという自信があった。

……今日までは。

「気功術攻式三ノ型『不知火《しらぬい》』！」

ドンピシャのタイミングで放たれたその回し蹴りは、的確に魔族の側頭部を打ち抜き顔面を路地裏の壁に激突させる。

「がっ……!?」

まるでトンカチで頭を打ち抜かれたかのような衝撃をくらい、魔族の男は情けなく地面に這《は》いつくばる。

ルイシャは倒れた男の襟を摑んで持ち上げると、顔を近づけ冷たく言い放つ。

「なんで魔族が街に出てきているんですか。それと他にも街に出てきている魔族はいるのかも教えてください」

「だ、誰がお前におしえ……」

思い切り男の頬を殴る。鈍い音とともに骨にヒビが入り顔が腫れ上がる。

その容赦ない一撃に、近くにいたヴォルフも「うお」と驚く。

「僕は大切な人を守るためでしたらこの手を汚す覚悟があります。あなたにその覚悟がありますか？」

「ひっ、わ、わかった、話すからもう殴らないでくれ！　俺たちしかまだ街には出てない！　残りはこれから出てくるんだ！」

男の話によると、彼らはボスの命令を無視して勝手に街に出てきたらしい。なんでもこの後命令されていることがあり、その作戦が始まってしまったら自由に遊ぶことができないので今の内に羽を伸ばそうとしていたらしい。

「……で、その命令というのはなんなのですか」

「い、言えない。そんなこと言ったら殺されちまう！」

男はガタガタと震え出す。よほどその『ボス』とやらが恐ろしいようだ。

「い、嫌だ嫌だいやだ！　俺は殺されたくねえッ！」

大声で取り乱し体を思い切り揺らす男。そのあまりの勢いにルイシャが摑《つか》んでいた襟が破れ、男はルイシャの手の中から脱出してしまった。

「しまっ――――！」

大通りめがけ一目散に走る男、急いでルイシャとヴォルフも追いかけようとするが僅かに間に合わない。

大通りに出れば一般の人がいる。もし人質に取られてしまったら非常に不味《まず》い。

いったいどうすれば、と思考をフル回転させるルイシャだが、思わぬ方向から解決策はやってくる。

「おいお前ら！　お前らの食った分も払わされたんだからな！　ちゃんと俺に払えよ！」

路地裏に響く聞き慣れた怒鳴り声。大通りから入ってきたその人物は、逃げる魔族の行く手を塞ぐような位置に入ってくる。

「どけ！」

「へ？」

道を塞ぐ謎のヒト族に拳を放とうとする魔族。

状況が飲み込めず身動きが取れないその人物に、ルイシャは大声を出す。

「バーン！　そいつぶっ飛ばして!!」

単純な命令が脳にスコンと入り、バーンの脳は動き出す。慣れた動きで魔族のパンチを躱《かわ》すと、お返しとばかりに右の拳を握り、魔力を込め始める。

「なんだかよくわかんねえが友達《ダチ》の頼みだ、恨みはねえがぶっ飛んで貰《もら》うぜ！」

限界まで後ろに引いた拳を、全身のバネをフル稼働させて放つ。そしてインパクトの瞬間、拳に溜めた魔力を一気に解き放つ！

「秘技、爆拳《ばっけん》！」

凝縮された爆発のエネルギーが魔族の腹に命中し、爆発音とともに吹き飛ぶ。その威力は凄《すさ》まじく、ルイシャたちを飛び越えてかなり先の壁に激突し地面に落下するほどだ。

「……あれ、やりすぎた？」

「いや、ナイススマッシュだよバーン」

「ならよかった……ってそうだ金！　金返せよお前ら！　靴の底に隠してたへそくりまで使ったんだからなこっちは！」

「そんな事で騒ぐんじゃねえよ、今はそれどころじゃねえんだからよ」

「俺のへそくりをそんな事だとっ!?　いい度胸だヴォルフ！」

「ちょっと一回落ち着いてよ！」

騒ぐバーンを何とかして宥《なだ》めたルイシャ。

そしてバーンにもここで何があったかを説明し、気を失った三人の魔族を魔法で作ったロープで縛り上げた。

「で？　この後はどうすんだよルイシャ。目を覚ましてもその『ボス』ってのにビビって何も話さないんじゃないか？」

「そうだね、だから少し卑怯《ひきょう》な手を使わせて貰うよ」

魔族の一人の頭に手を乗せたルイシャは集中し、手のひらに魔力を集める。

「催眠電撃《ヒプノ・サンダー》」

するとルイシャの手から微弱な電流が流れ、男の頭の中に入っていく。

すると男の体がビクビクッと動き出し、白目が開く。

「お、おい、いったい何してんだ？」

そのホラーな見た目にビビるバーン。その後も男は「あー」「うー」と無意味な言葉を繰り返しバーンを怖がらせる。

「この魔法は前に使ったことのある記憶処理魔法の発展版なんだ。意識を失っている人を催眠状態にして動かす魔法で、会話をさせることも出来るから秘密を話して貰えるはずだよ」

「めっちゃ怖い魔法じゃん……こりゃルイシャに隠し事は出来ねえな……」

「ははは、こんな非常事態でもなきゃこんな魔法使わないよ、たぶん」

「おいたぶんってなんだよ！　超怖い！」

取り止めもない話をしながらも、ルイシャは器用に電気を操り無事に魔族の体のコントロールを得ることに成功する。

「えーっと、じゃあまずはお名前を教えて頂けますか？」

ルイシャがそう尋ねると、虚《うつ》ろな目をしながら男はゆっくりと喋《しゃべ》り出す。

「俺の名前は……エラゴ」

心ここに在らずといった感じで喋るエラゴという魔族。どうやら魔法は無事成功しているようだ。

「本当にあなたたち以外は街に出てないのですか？」

「ああ、本当だ……ウラカンのやつ、いつまでも宿にいさせるからムカついて俺たちだけ出てきたんだ」

「ウラカン。やっぱりその人がボスなんだね」

聞き覚えのある名前にルイシャは反応する。アイリスの話が本当ならその魔族は相当な悪人だ、何を企《たくら》んでいるかを知らなくちゃいけない。

「教えてください。いったいあなたたちは何をしようとしてるのですか？」

男はしばし考えるように黙った後、ゆっくりと喋り出す。

「俺たちも、詳しくは……知らない。ヒト種の国で思う存分暴れられるからついて来い、とかき集められたから。あと、言われたのは……」

「言われたのは？」

「何かの儀式をやるから……その生贄《いけにえ》として王都の人間を、皆殺しにしろと、言われた。それさえ守れば……好きに暴れていいって」

その話を聞いた三人は、衝撃のあまり硬直し、言葉に詰まる。

何か悪いことを企んでいるんだろうとは思っていたが、悪事のレベルが想定の遥《はる》か上を行っている。慎重に、慎重に言葉を選びながらルイシャは質問を続ける。

「そ、それはいつ始めるのですか」

「今日の……三時。鐘の音と共に一斉に仲間が街にくりだすことになっている。俺たちの泊まっている宿舎からと……正門からの二班で一気に王都を陥落させる手筈《てはず》になっている……」

鐘というのは王都北東部に建っている時計塔のことだろう。大通りからよく見えるほど高いその時計塔は、朝六時から夜九時にかけて三時間おきに鐘が鳴っており、王都に住む人々の生活リズムを守っている。

「今は、二時五十分！　時間がない……っ！」

路地裏から出て時計塔で時間を確認したルイシャは焦る。十分後には暴徒と化した魔族が街を襲う。それから国民を守らなくちゃいけない上に、真の狙いも探らなくちゃいけない。

ルイシャの脳内を焦りが埋め尽くす。

（どうすれば……どうすれば全てを解決できるんだ……っ!?）

深刻な顔でぶつぶつと呟《つぶや》きながら、解決の道を探る。しかしいくら考えてもそれらを全部一人で解決する手段が思い浮かばない。

思考の迷路に迷い込んでしまったルイシャ。そんな彼の背中を二つの手が力強く叩《たた》く。

「おい、水臭《くせ》えじゃねえか。一人で考え込まねえで交ぜてくれよ」

「この馬鹿の言う通りですぜ大将、俺たちに出来ることならなんでもします。遠慮なく頼ってくだせえ」

そうだ。この二人にとっても王都《ここ》は大切な場所、守りたいに決まっている。なんで一人で全部解決しようとしてたんだろう。

自分の視野が狭くなっていたことを反省し、ルイシャは二人の友人の力を借りることにする。「うん、二人の力を頼らせてもらうよ。一緒に王都を守ろう！」

おう！　と二人は力強く返事をする。

頼れる仲間がいることで、役割が分担できるようになった。ルイシャは再び作戦を考えて、最善と取れる道を考える。

「二人ともよく聞いて、あと五分もしない内に魔族は王都で暴れ始める。場所は二ヶ所、王城近くの宿舎と正門前。僕は宿舎の方に行くからヴォルフは正門の方に行って」

「おう、任されたぜ」

ドン、と力強く胸を叩くヴォルフ。

ルイシャはそれに「任せたよ」と頷《うなず》き、次にバーンの方を見る。

「バーンは王城に向かって欲しい。そこで騎士団に今回のことを報告して欲しいんだ。ユーリに取り次いで貰えば話を聞いて貰えるはず」

「オッケー、報告した後は好きに動いていいのか？」

「そうだね。僕が行く宿舎の方は魔族が多いと思うからこっちに来てくれると助かると思うけど、基本は任せるよ」

「分かった。状況を見て動くぜ」

「うん、それでいいと思う。僕はそこにいる魔族三人を強力な睡眠魔法で眠らせてから行くよ」

　そう言って路地裏に転がっている三人の魔族を指す。魔法で眠らせれば今日一日は目を覚まさないはずだ。

「それじゃあ……二人ともそっちは任せたよ、気をつけてね」

「大将こそお気をつけてください。こっちは完璧にこなすんでそちらの事に集中していただいて大丈夫ですぜ」

「次会う時は全部終わった後だな。俺たちで王都を救ってやろうぜ！」

　再会を約束した三人は、王都を守るため走り出すのだった。

◇　◇　◇

王都の中央に悠然と聳《そび》え立つ、王城ヴァイスベルク。

その客室は王城を訪れたゲストを最大限にもてなす為《ため》、豪華な家具で装飾されていた。

一つの部屋を照らすには仰々しいシャンデリア、魔獣の革で作られた高級ソファ。樹齢五百年を超える樹木を削って作られたテーブルの上にはフレッシュな果実水が置かれている。

今回の事件の首謀者ウラカンと、その腹心二人ウルスとスパイド、そして大臣のグランツの計四人は客室にいた。

足を揺らし落ち着かないグランツとは対照的に、ウラカンはリラックスした様子でワインを呷《あお》っていた。そんな彼の呑気《のんき》な行動が気に障ったグランツは苛立《いらだ》たしげに口を出す。

「随分と余裕だなウラカン。そんなんで本当に成功できるのか？」

「ふふ、そんなに焦ってもいいことありませんよ大臣。もっと肩の力を抜いてください」

明らかに気が立っているグランツに対し、彼はあくまで落ち着いた様子で対応する。しかし彼が諭してもグランツの不安は消え去らず、更に言葉を投げかける。

「もうすぐ始める時間じゃないか、そろそろ動いたほうがいいんじゃないか。あのゴロツキ共も頼りないのだし、慎重にやったほうがいいんじゃないのか？」

「大臣は心配性ですねえ。安心してくださいよ、無事王都に入れた時点で我々の勝ちは決まったようなもの、調べ通り白金等級の冒険者は王都にいなかったですし我々に勝てるような実力者はこの街にはいません。あとはじっくり蹂躙《じゅうりん》し、殺し、奪い、征服するのみ。明日にはもうここは我々魔族のものになってますよ」

「ふん、そううまくいけばいいがな」

グランツはそう言うと椅子に深く座り、足を組む。

見るからにウラカンたちを信用していない様子だが、部下を含めウラカンたちは全く気にしていないようだった。

「……お、時間が来たようですね」

外からゴーン、ゴーン、と鐘の音が鳴ると同時にウラカンは立ち上がり、それに続いて部下の二人も立ち上がる。

「それでは大臣、私たちは行ってきますよ」

「おい、儂《わし》はどうしたらいいんだ。ここでずっと待ってろと言うのか」

グランツの物言いにウラカンは背を向けながらほんの少しだけ面倒くさそうな顔をするが、すぐにいつもの薄い笑いを浮かべた顔に戻り、大臣の方に振り返る。

「そうですね……私としてはゆっくりしていただいてて大丈夫なのですが」

「儂は武人だ、戦をしてる横で座って待ってられるほど根性なしではない。何か無いのか」

これだから古い考えの老人は面倒くさくて嫌なんだ。という言葉を飲み込み、ウラカンは思案する。

「ふむ、でしたら大臣にはとびきりの獲物を差し上げましょう。事が終わってからじっくり始末しようと思っていました王国騎士団長エッケル、彼を倒して頂けますか？」

「王都に入る時いたあの男か……くく、悪くない」

その言葉を待っていたとばかりにグランツは笑みを浮かべる。体中の筋肉と魔力が喜び熱を発する感覚、これがあるから戦はやめられない。

「では私たちは行きますよ、部下を数名置いていくのでお役立てください」

「ああ、ご苦労」

グランツの関心はすっかりウラカンからエッケルに移っていた。戦いに浮かれる彼を見て小さくため息を漏らしたウラカンは部下を連れ客室を出る。

そして廊下を歩いてしばらくしたところで彼の部下、巨漢の魔族ウルスが口を開く。

「いいんですかボス、大臣《あいつ》に好きに動かせて」

「どうせ国境を越えた後は用済みの捨て駒。事が全て終わったら処分する予定だった。騎士団長と国王の注意を少しでも逸《そ》らしてくれるなら期待以上、相打ちして両方倒れてくれると一番嬉《うれ》しいんだけど、どうだろうね」

ウラカンは一度はエッケルを見た。確かによく鍛えられた肉体をしていたが、その肉体から感じられる気も魔力もヒト族の限度《それ》を超えてはいなかった。

それに対してグランツは生粋の魔族。歳《とし》を取りさすがに昔のように体は動かないだろうが、その身体能力は魔族の中でも上位に位置する。ヒト種如《ごと》きに遅れは取らないだろう、とウラカンは考えた。

「まあああんな捨て駒よりも今は私たちの計画に集中しようじゃないかウルス。と言っても私たちの邪魔が出来るようなヒト種はここにはいないと思うけどね」

機嫌良さそうな様子で歩くウラカン。

しかし彼の作戦が始まると共に、静かに反撃の狼煙《のろし》は上がっていた。彼はまだ、それを知らない。

◇　◇　◇

王都の正門をくぐってすぐにある、王都正門広場。王都の玄関とも呼べるこの広場には、いつもたくさんの人が往来し活気にあふれている。

広場には露店もいくつかあり、王都に来た者、あるいはこれから外に出ていく者が足を止めて立ち寄っている。

そんな平和な広場が、今は騒然としていた。

『ヒヒィ――――ンッッッ!!』

けたたましいいななきが広場中に響き渡る。

その声の主は、普通の馬の三倍はある巨大な体軀《たいく》を持つ馬、グレートホースだ。一トンをゆうに超えるその体を振り回し暴れていた。逃げ惑う人々、踏み潰される露店、そして……それに抗《あらが》う人。

「おい馬っ！　こっち向きな！」

一人の男がグレートホースに何やら丸いボールのようなものを投げつける。それはグレートホースの鼻前に飛んでいくと、ピカッ！　と急に光を放つ。

『ブルルッ!?』

突然の光に驚いた馬は怯《ひる》み、後ずさる。

その隙にその男、冒険者パーティ『ジャッカル』のリーダー、マクスは仲間に市民の避難を促す。

「ジーム！　今の内に逃がすんだ！」

「分かってるよ！　チッ、なんでこんな目に！」

腰が抜け倒れている女性に肩を貸し、安全な場所まで運びながらジームは悪態をつく。

少し前にルイシャと一緒にダンジョン探索をした冒険者パーティであり、今も王都を中心に活動している。ルイシャたちとも付き合いは続いており、たまにルイシャの友人を含めて食事をするくらい仲がいい。

そんな彼らだが、魔族が来てから王都の雰囲気が悪くなったので、いくつかまとめてクエストを受け、しばらくは王都の外で薬草採取やモンスター退治の仕事をしようと思っていた。

しかしそんな矢先、突然五頭のグレートホースが正門から王都に侵入、そして急に暴れ出したので住民の避難誘導をしていた。

「マール！　そっちはどうだ？」

「こっちも避難終わったよジーム。マクスの加勢に行こう」

もう一人の仲間、魔法使いのマールと合流した盗賊職《シーフ》のジームはグレートホースの足止めをする、リーダーのマクスのもとへ戻る。

「大丈夫かマクス！」

「なんとかな！　だが効果があった閃光手榴弾《スタングレネード》も切れちまったからどうすればいいか……」

たまたま広場に居合わせた他の冒険者も戦ってくれてはいるが、足止め程度にしかなっていない。グレートホースの上にはそれを操る魔族が乗っており時折強力な魔法を放ってきている。並の冒険者じゃ勝つことは出来ないだろう。

「クソ！　騎士団は何をやってるんだ。こんなデカい馬が中に入ってきたら王都はめちゃくちゃになっちまうぞ！」

普段であれば騎士団は王都を巡回しており騒ぎが起きるとすぐに駆けつけてくれる。しかし今日は魔族が王城付近に集まっているため、巡回している騎士は少なく広場の異常に気づいていなかった。

他の冒険者たちが助けに来てくれれば。組合に行けば誰かいるだろうか……いやそれは無い。

「おいマクス！　一頭そっちに行ったぞ！」

「しまっ……！」

考え事をして隙だらけのマクスめがけ、ものすごい勢いで突進するグレートホース。その蹄《ひづめ》は鉄より硬く、その脚力は岩畳をも容易《たやす》く砕く。当然人が踏まれればいとも容易く死んでしまう。

この距離は逃げられない。己の油断を悔やむマクス。

絶体絶命のピンチだが……彼のもとに猛スピードで駆ける者がいた。

「これでも……食らいやがれッ！」

走ってきた人物はグレートホースの横っ腹を思い切り蹴り飛ばす。ボスッ！　と物凄《ものすご》い衝突音と共にグレートホースの巨体が揺らぎ、痛みに呻《うめ》きながら足を止める。

それを確認したその人物はマクスのもとに近づいてくる。

「大丈夫かマクス!?」

「ヴォ、ヴォルフじゃねえか！　なんでここに!?」

グレートホースを蹴り飛ばしたのは、ルイシャにここに向かうよう言われたヴォルフだった。彼はジャッカルの面々とは何度も会っており、共にルイシャを慕う者同士すっかり仲良くなっていた。

「俺は大将にここを守るよう言われて来たんだ。お前らは？」

「俺らはたまたまあの馬が暴れた時にここにいたんだ。なんとかここにいた人を逃がせはしたが……さすがに倒すのは厳しそうだ」

「分かった、後は俺に任せな」

状況を理解したヴォルフは、全身に力を入れる。するとみるみる内に体が変形していき、最終的に黒い体毛の大きな狼《おおかみ》に変身する。

変身能力があることは話で知っていたが、それを実際に目で見るのは初めてだったマクスは「おぉ……」と呟《つぶや》く。

『どうしたマクス、ビビったか？』

しばらくの沈黙のあと、マクスは答える。

「いや……めちゃくちゃ格好いいじゃねえか！　くうー、そんな奥の手があるなんて羨ましいぜ！」

『羨ましい、か。そんな風に言われる日が来るたぁな』

かつてこの姿のせいで同族からも嫌悪の眼差《まなざ》しを向けられた彼だが、今ではその姿を認めてくれる人がとても増えた。沸き上がる嬉しい気持ちを一旦抑え、ヴォルフは今後の動きを考える。

『……ここともう一ヶ所、王城近くの宿舎に魔族が現れる。大将が向かっちゃいるが応援が欲しい。なんかアテはあるか？』

「それなら冒険者の連中を頼ればいい。最上位の白金等級は出払ってるが、金等級の冒険者ならまだ何人かいるはずだ」

金等級は一握りの者のみがなれる選ばれた冒険者であり、みな将紋《しょうもん》級の実力を持っている。それが味方になれば心強いだろう。

『わかった。じゃあマクスはそいつに話を通しておいてくれるか？　ここは俺が食い止めっからよ』

「俺が……みんなを……」

マクスは口ごもる。

最近こそ冒険者として真面目に活動している彼だが、ルイシャに会う前の彼の素行は悪く、冒険者たちからは嫌われていた。報酬をちょろまかそうとしたり、パーティを組んだ仲間を囮《おとり》に使ったり、嘘《うそ》の情報を流したり……などとギリギリ捕まらない程度の嫌がらせをよく行っていた。

そんな自分が説得など出来るのだろうか。不安が胸の内を支配する。

「ヴォルフ……俺は……」

そんなこと出来ない。以前の彼ならそう言っていただろう。

しかし。

「俺は……いや、俺に……任せな。必ず助けを呼んで兄貴のもとに連れて行く。だからお前は気にせず暴れてろ」

『あぁ。そっちは任せたぜ』

そう言ってヴォルフは暴れるグレートホースに突っ込んでいく。

するとマクスのもとに二人の仲間が駆け寄ってくる。

「おいマクス、いいのかよそんな約束して。正直望みは薄いと思うぞ」

「信じてもらえればいいけど、あんた信用されてないからねえ……」

「……確かに望みは薄いだろうがよ、こんな俺を頼ってくれたんだ、報いるしかねえだろ。そして何より俺たちの兄貴がピンチなんだ、ここで命張んねえで何が子分だ！」

マクスの熱い叫びに二人は驚いたように目を丸くした後……ニヤッと笑みを浮かべ、頷《うなず》く。

「確かにリーダーの言う通りだ。俺たちは微力だが無力じゃねえ、雑草魂を見せてやろうぜ」

「わ、私もがんばる」

普段は臆病なマールもふんす、と気合を入れる。

心強い仲間に巡り合えたことを感謝しながらマクスは作戦を話す。

「ジームはここに残ってヴォルフを援護してくれ。俺の持ってる道具もいくつか渡すから上手《うま》く使ってくれ」

「おうよリーダー、援護なら任せな」

「マールは俺と来てくれ、ぶん殴られたら回復してくれよな」

「まかせて。回復魔法はあまり得意じゃないけどね」

二人の返事に満足し、マクスは頷く。不安はあるが出来るだけやってやる。彼はかつてないほど燃えていた。

「じゃあ二人とも、負け犬《ジャッカル》の意地を見せてやろうぜ！」

「「おう！」」

覚悟を決めた三人は、役目を果たすためそれぞれの戦いに臨むのだった。

◇　◇　◇

一方その頃バーンは王城めがけ全速力でダッシュしていた。

「どけどけぇ！　ぶつかっても知んねえぞ！」

通行人が多い街中をドタドタと走っているので当然住民たちには白い目を向けられるが、今はそんなこと気にしている暇はない。ここでモタつけば被害者が出てしまうかもしれない。

「ここまで来りゃああと少しだな。ちゃんとユーリに会えりゃあいいんだが」

このミッションの肝はユーリに会えるかどうかだ。

もしユーリに会えさえすれば彼は友人の言うことを信じ、即座に動いてくれるだろう。しかし会えなければ騎士団に話を聞いて貰《もら》えるかも分からない。バーンはお世辞にも信用のおける見た目をしていないからだ。

「うまくいきゃあいいが……ん？」

城まで後少しといった所でバーンはある人物を目にし、立ち止まる。

その二人の人物は魔法学園の制服を着ており、そして二人ともとても背が小さかった。

バーンはその二人の事をよく知っていた。

「おーい！　どうしたんだお前らこんなとこで！」

駆け寄りながら話しかけると、二人は「へ？」といった感じで振り返る。

「バーンじゃん、こんなとこで何してんの？」

不思議そうな顔でそう尋ねて来たのは、小人族《ハーフリング》のクラスメイト、チシャだった。

「お前こそ何してんだよ。城になんか用でもあるのか？」

「なんかカザハの虫の様子がおかしいらしくてさ、その原因を調べようとしてたんだ」

「虫が？」

その言葉を聞き、バーンはチシャと共に歩いていたもう一人のクラスメイトの少女、カザハの方を見る。虫使いの彼女は体に無数の虫を飼っており、いつでも呼び出して戦うことが出来る。

「そんなに様子が変なのか？」

「魔族がたくさん来てからずっとおかしかったんやけど、数分前からもっとおかしなったんよ。よう聞いてみたら城の方から変な感じがする言うてたからほな見に行ってみようってなったんや」

「なるほどな……そりゃ確かに怪しいぜ」

カザハの虫の中には感知能力に長《た》けてるものも多い。ヒト族では気づけないことも気づくのだろう。

と、ここまで考えて、バーンはあることに引っかかる。

なんでこの二人が放課後一緒に歩いているんだ？　と。

「そういやお前らが城に向かってるのも不思議だったが、お前らが一緒にいるのも不思議だったんだよな。お前らそんなに仲よかったっけか？」

バーンがそう尋ねると、チシャは「え、えうぇ!?」と見るからに焦り始める。一方カザハはいつも通りマイペースな感じだ。

「チシャはんとは仲良うさせてもろてるで。背も近いしなあ。今日も早く終わるから一緒に遊ぼうと声かけてくれたんや」

「そ、そそそそんなの普通だよ。ちょちょちょっと暇そうにしてたから声かけてみよっかなっておもっただけだよ」

「そういえば先週も声かけてくれたんやったなあ」

「ちょっとカザハ少し静かにしてくれる!?」

慌てるチシャを見て、察しの悪いバーンも「ははあ」と勘づく。あれこれ騒ぎ立てるチシャの肩に腕を回すと、カザハから遠ざけるように引っ張り耳打ちする。

「お前もスミに置けねえ奴《やつ》だな。いつからそうだったんだ？　ん？」

「だ、誰も好きだなんて言ってないでしょ！」

「おいおい誰も好きだろなんて言ってねえぜ」

「しまっ……！」

焦るあまり大墓穴を掘ってしまうチシャ。普段は理知的な印象を受ける彼だが、色恋沙汰になるとポンコツ化してしまうようだ。

「と、とにかく！　今はそんなことどうでもいいでしょ！　それよりバーンこそなんでここにいるの、そっちを説明してよ！」

「お、おお。すまねえ」

チシャの物凄《ものすご》い剣幕に圧倒され、身を離すバーン。

そして二人に今何が起きているか、自分が今から何をしようとしているかを話した。

「なるほど、そんなことが起きていたんだ。何か良くないことが起きているんじゃないかと思ってたけどここまでとは思わなかったよ……」

「じゃあ城での異変も魔族が関係しとる可能性が高そうやなあ。早いこと突き止めんと手遅れになりかねんな」

「そういうこった。悪《わり》いが手伝ってくんねえか？」

バーンの頼みに、友人二人は二つ返事で「「もちろん」」と返す。心強い仲間を得たバーンは、二人を連れて王城に駆ける。

王城のすぐ側《そば》まで来ると、入り口に立つ鎧《よろい》姿の守衛が目に入ってくる。ひとまずあの人に話しかけてみよう。そう思ったバーンは大声で呼びかける。

「お――――い‼　話を聞いてくれ――――！」

かなりの声量。後ろを走るチシャとカザハは思わず耳を押さえる。

しかしその守衛は返事をしないばかりか眉一つ動かさなかった。

「あんだ？　聞こえてねえのか？」

だったらもっと近づくしかねえか、そう考えたバーンは更に加速して側まで行こうとする……が、突然彼は何かにぶつかったように弾かれ、後ろにズッコケてしまう。

「痛《い》っ……てぇっ！！！！　なんだ!?」

起き上がり前方を確認するが、そこには何もなかった。しかしいまだに額はジンジン痛んでいる。

今度はゆっくり、右腕を前に出しながらおそるおそる前に進んでみると、指先がコツンと何か硬いものに当たる。

「なんだこりゃ？」

その硬い透明な壁は王城をぐるっと囲むように出来ていた。これのせいで音も聞こえないのかと思ったバーンは、守衛に向かって大きく身振り手振りをしてみるが、視界に入っているはずなのに守衛は一切反応しなかった。

「いったいどうなってるんだこりゃ。俺が見えてないのか？」

「僕が診てみるよ」

首をかしげるバーンに代わり、チシャが謎の壁の前に立つ。そして右手をその壁に押し当て、魔力を込め始める。

「魔法解析《マギ・ライズ》」

青白い光が手より放たれ、透明な壁の中に入っていく。この光に包まれたあらゆる物、魔法のデータは瞬く間に解析され、術者の脳に入っていく。

「これは……結界魔法の一つだね。相当高度な魔法だよ、それをこんな大規模で……多分魔族数人がかりで作ったんだと思う」

「なるほどな。ところで何であそこのオッサンは俺たちに気づかないんだ？」

「この結界には『認識阻害効果』があるみたい。中からは外の様子が正確に分からないんだと思う。きっと今王都が焼け野原になっても、城の中からはいつも通りの王都に見えるんだと思うよ」

チシャの言う通りこの結界魔法『幻影筒《げんえいとう》』には認識阻害効果がある。本来は人ひとりにかける魔法だが、十人の魔族が力を合わせ作っているため王城全体を覆うほど規格外の大きさになっていた。

魔力探知にも引っかからない優秀な魔法だが、カザハの虫はこの魔法の放つ小さな違和感に気づいていたのだ。

「こりゃ厄介な魔法だな。だが種さえわかりゃこっちのもんだ。俺がぶん殴って壊してやるぜ！」

「ちょ、危ないよバーン！」

チシャは止めようとするがバーンはそれを気にも留めず魔法を放つ。

「上位爆破《ハイ・ボムパ》ァッ！」

耳をつんざく爆音と共に、防壁が爆発する。その衝撃は凄《すさ》まじく魔法を打ったバーンが後ろに吹っ飛んでしまうほどだ。

「いてて……」

地面に打った後頭部をさすりながら、バーンは防壁に近づく。

今の自分が放てる最高火力。ヒビくらいは入っただろ……と期待するが、何と防壁には傷一つついていなかった。

「……あら？」

「もう、人の話をちゃんと聞いてよ。この防壁は硬さも尋常じゃないんだ。それに傷ついたとしても魔力を供給してすぐに再生するようになってる。中にいる術者を倒すか、それか一発で大穴を開けられるような超火力、それこそ超位魔法級の火力がないとこの中には入れないよ」

「くそっ、今の俺じゃ無理だってのか……」

歯噛《はが》みするバーン。上位魔法を使えるだけでも十分に凄いのだが、それでもこの状況を変えられないのでは意味がない。

「どうすりゃいいんだ……」

悩むバーン。しかしいくら頭を捻《ひね》っても名案は浮かんでこない。するとチシャは「一つ、気になることがあるんだ」と切り出す。

「試しに魔力探知をやってみたんだけど、お城の中にユーリの魔力が感じられないんだ。もちろんイブキもね」

「なんだって？　じゃあいったいどこにい……ってお前いつの間に魔力探知なんざ使えるようになったんだよ!?」

魔力探知は優れた魔法技術の持ち主にしか扱えない高等術。魔族でも広範囲に使える者は限られている。攻撃技こそてんで駄目なチシャだが、解析魔法を得意とする彼は魔力探知にも高い適性を持っていた。

「ルイシャに教わって使えるようになったんだ。まだまだルイシャみたいに速く正確には無理だけど、友達の魔力くらいなら見分けがつくよ」

「そりゃあ心強いな！　ところで城にいないならあいつはどこにいるんだ？」

「ちょっと待って今捜してるから……」

チシャは徐々に魔力探知の範囲を広げていく。城の周辺……いない。王城近くの宿舎……これはルイシャの魔力だ、近くには魔族のものっぽい魔力がたくさん、無事だといいけど……。次は正門付近……強力な魔力がいくつかあるが、いない。学園、いない。商業地区、いない。居住地区、いない。倉庫街……い、いた！

「ぶは！　そ、倉庫街だっ！」

集中力を使い果たしたチシャは膝を地面につけ、額に脂汗を浮かべながら「ぜえ、ぜえ」と肩で息をする。隣にいたカザハは心配し彼の隣にしゃがみ込み、背中をさする。

「大丈夫かチシャはん!?」

「あ、ありがと。僕は大丈夫だ、よ……」

大丈夫と言いながらも、カザハの肩を借りてなんとかといった感じで立ち上がる。

「バーン、倉庫街だ。そこの一角にユーリとイブキの魔力を感じた」

「倉庫街って裏門近くのあそこだよな？　あんな所になんでユーリがいるんだ？」

倉庫街は王城裏手の人があまりいない地区にある。お世辞にも治安がいい場所とは言えず、一人で歩くにはかなり危険な地域だ。

「なんでそこにいるのかは知らないけど、行ってみるしかなさそうだね。ユーリなら王城に入る方法を何か知ってるかもしれない」

「中に入れりゃ結界を作ってる奴をぶっ倒して結界を破壊できるって寸法だな。その話乗ったぜ！　そうと決まれば案内よろしく頼むぜチシャ！」

「ほな、ウチは足を用意しよか、頼むでムーちゃん！」

カザハが呼ぶと、彼女の袖から大きなムカデの顔がにゅるりと現れ、ずるずるとその体を外に出す。彼女の数倍はあるその体を全て外に出すと、その数え切れないほど多い脚で自分の背中をちょんちょんと指し、乗れと言ってくる。

「走っていくよりこの子に乗った方が速いで！　はよ乗りいや」

「「…………」」

硬直するバーンとチシャ。この虫は千脚《せんきゃく》百足《むかで》のムーちゃん、カザハの一番の相棒とも言っていい虫だ。

この虫が悪さをするとは二人とも全く思っていない。しかし上に乗れるかどうかと言われれば話は別だ。虫独特の光沢を放つ甲殻は二人の原始的嫌悪感を大いに刺激する。

「そうか……乗れんか……」

逡巡《しゅんじゅん》している二人を見て、しゅんとするカザハ。それを見たチシャはハッとする。

彼は意を決すると、ムーちゃんの背中に飛び乗り、両手両足で抱きつくように摑《つか》まる。

「ひんやりしてて中々気持ちいいね……！」

「チシャはん、あんたいい奴やな」

見つめ合い、いい雰囲気になる両者。その横でバーンもおっかなびっくりだがムーちゃんの上に乗る。

「さ、さあ！　行こうぜ倉庫街まで！」

まだ少しビビりながらだが、バーンもしっかりとムーちゃんに摑まる。それを確認したカザハはムーちゃんに指示を飛ばす。

「ほな行くでムーちゃん！　全速前進超特急やっ！」

『キチチッ！』

機嫌よく鳴いたムーちゃんは、無数の脚をカサカサと器用に動かし、王都を爆走するのだった。

◇　◇　◇

王城側のとある建物。三階建てのこの立派な建物は、王都来賓者用の宿泊施設だ。

ウラカンが連れてきた魔族は総勢二百名にも及ぶ。それら全員が王城の客室には入れないので、ほとんどの魔族はこの宿泊施設で寝泊まりしていた。

一部の者を除いて、大人しく待機していた魔族たちだったが、作戦開始を合図する鐘の音と共に彼らは動き始める。

「やっと時間になったか、待ちくたびれたぜ……！」

「何人殺せるか勝負しようぜ！」

「俺はまず女だ！　ヒト種の女はやわらけえって聞くから楽しみだぜ！」

口々に恐ろしいことを言いながら、魔族たちは外に出ていく。

もちろん王都から彼らの外出許可は出ていない。その行動に気づいた十名ほどの王国兵士がその行く手を塞ぐ。

「あなた方の外出は許可されていません。申し訳ありませんが宿舎へお戻りください」

毅然《きぜん》と言っているが、兵士の内心は穏やかではない。相手は魔族、怒らせれば自分など一瞬で葬られるだろう。しかしそれでも見過ごすわけにはいかない、自分の後ろには守るべき国民がいるのだから。

しかしそんな彼らの覚悟を嘲笑《あざわら》うかのように、魔族たちはにやついた笑みを浮かべながら難癖をつけてくる。

「そんなこと言っても俺らも暇なんですよ兵士サン。飯も美味《うま》くねえし、女も呼べねえ。こんな牢屋《ろうや》みてえな所にいたら体がなまっちまう」

あからさまな侮辱。しかしここで怒りを見せるわけにはいかない。

沸き上がる黒い感情をグッと抑え、兵士はあくまで穏便に解決しようとする。

「……食事でしたら改善します。その他要望があれば出来る限り聞きますので、宿舎にお戻り願いたい」

「はあ……いちいちうるせえな下等種族の分際でよお。もういいや、ヤっちまおう」

そう気怠《けだる》げに言った魔族は、目の前の兵士の腹を思いきり蹴飛ばす。するとその兵士はまるで馬車にでも吹き飛ばされたかの如《ごと》く勢いよく宙を舞い、地面に落下する。

「――――がッ！」

声にならない声を上げながら地面に倒れ伏す兵士。息はまだあるようだが、体は細かく痙攣《けいれん》しており危険な状態だ。

「き、貴様――――ッ！」

仲間をやられ激昂《げきこう》した兵士が勢いよく槍《やり》を突き出す。しかしその一撃は簡単に手で止められ、しかもそのまま槍を強く摑まれへし折られてしまう。

「こんなおもちゃで俺を殺《と》ろうとしたのか？　舐《な》めすぎだろ」

今度は拳が兵士の胸部に突き刺さる。魔力でコーティングされたその拳は、鉄製のプレートアーマーをひしゃげさせ、その中の肉体を大きく損傷させる。胸を陥没させられたその兵士は痛みに耐えきれず泡を吹いて倒れる。

「お、おい！　しっかりしろ！」

「ははははッ！　脆《もろ》い、脆すぎるぜッ！　所詮ヒト種の兵士なんてこんなものか！」

「ぐっ……！」

兵士たちは倒れた仲間を介抱しながら歯嚙みする。

そして確実に訪れるであろう死の瞬間に、強く恐怖する。

「可愛《かわい》いねえ、震えちゃって。そうだ、土下座して謝ればお前だけは助けてやるぞ。もちろん仲間は殺すがな！」

その残酷な提案に他の魔族たちは手を叩《たた》いて笑う。

「外道が……！」

悔しさと恐怖で震える手を強く握り、屈してしまいそうになる心を奮い立たせる。

「ふざけるな、誰が貴様らの言う通りになど！」

「んだよノリの悪い奴《やつ》だな。じゃあ死ねよ」

目にも留まらぬ速さで剣を抜き放つ魔族。その剣は真《ま》っ直《す》ぐに兵士の首元に向かい当たる……かに思われたが、その直前で兵士の姿が突然消え剣は空振ってしまう。

「んなっ!?」

突然の事態に驚き、辺りを見回す。すると先ほどまで兵士がいたところから十メートル程後方にその兵士は移動していた。しかもその傍《そば》にはさっきまでいなかった謎の少年がいた。

「大丈夫ですか？」

「あ、ああ。何とか……」

その少年に話しかけられ兵士は困惑する。この少年が助けてくれたのか？　とても強そうには見えないが……不思議な安心感がある。この少年なら何とかしてくれるのではないかという、そんな直感がした。

「後は任せてください」

そう言ってその少年、ルイシャ＝バーディは魔族と向かい合っている兵士に近づく。

「後は僕が引き継ぎます。怪我《けが》をしている人は治療を、元気な方は正門で暴れている魔族の対処と住民の避難をお願いします」

「いやしかし――――」

突然現れた少年にこんな危険な相手を任すわけにはいかない。兵士は断ろうとするが、少年の体から放たれる圧倒的な魔力に気づき、言葉を止める。

（そういえば聞いたことがある。王子を狙った凄腕《すごうで》の剣士を倒した、魔法学園の生徒の話を――――）

ルイシャの存在はユーリの手で秘匿されているため、王国関係者であっても知る者は少ない。しかし剣将コジロウとの戦いは流石《さすが》に全ての情報を規制しきれず、兵士の間で噂《うわさ》が立っていた。

曰《いわ》く、魔法学園には王子お抱えの凄腕戦士がいる――――と。

目の前の少年がその学生だという保証はないが、相手は自分たちが勝てる相手ではない。

兵士は葛藤しながらも、答えを出す。

「……わかった。その代わり危なくなったら必ず逃げてくれよ」

「はい。後は全てお任せください」

ルイシャの言葉に頷《うなず》き、兵士は負傷した仲間を連れて去っていく。

その様子を魔族の者たちは興味深そうに見ていた。

「茶番はもういいかガキ。どうやって俺の一撃から兵士を守ったのかは知らねえが、そんなんで勝った気になられても困るぜ」

そう言って魔族の男は右手に火球を出現させる。大量の魔力が込められたその炎はとても巨《おお》きく、強い光と熱を放っている。

「魔族の本領は魔法、肉体能力なんざおまけに過ぎねえんだよ」

「ええ、よく知ってますよ魔族の強さは。しかしそれだけに残念です、その力をこんなくだらない事に使うなんて――――！」

ルイシャは激昂する。

彼は魔族がみんな悪い人ではないことを知っている。いつかテスタロッサが戻ってきた時の為《ため》に、魔族に対する偏見を少しでも減らせたらなと彼は思っていた。

しかし今回の魔族の行動はそんなルイシャの思いを踏みにじる行為だ。

「お前たちは、許さない！」

「許さなけれりゃどうなるってんだよ！　上位螺旋火炎《ハイ・ドリフアイア》ッ！」

男の手から放たれたのは、高速回転する火炎。その先端はドリルの様に尖《とが》っており、鎧《よろい》をも貫通する威力を持っている。

ルイシャはまっすぐその魔法に向かって走ると、右手に金色に輝く竜王剣を出現させ、横薙《よこな》ぎに振るう。

「――せいっ！」

その一閃《いっせん》は、男の魔法を容易《たやす》く両断し霧散させる。「な!?」と驚く男に対し、高速で接近したルイシャはその腹部に思いきり前蹴りを打ち込む。

木をも薙ぎ倒す威力を持つルイシャの体術をマトモに食らった男は悶絶《もんぜつ》しながらその場に崩れ落ちる。

「な、なんだこのガキ!?」

突然現れた少年に戸惑いを隠せない魔族たち。

しかし自分たちにもプライドがある。明らかに自分より年下の子ども、しかも劣等種族と蔑んでいるヒト族の子どもに舐められたままなど許せなかった。

「ヒト種のガキが……生きて帰れると思うなよっ！」

一人の魔族が痺《しび》れを切らしルイシャに突っ込んでいくと、それに続いて他の魔族たちも走りだす。

血に飢えた魔族たちの見た目は醜悪で恐ろしい。見ただけで普通の人間なら腰を抜かしてしまうほどだ。

しかしルイシャは恐怖心を勇気で抑え込み、魔族たちに勇猛果敢に立ち向かう。

「……来いっ!!」

ルイシャに襲いかかるいくつもの剣、槍、魔法。それを肌に触れるスレスレで回避したルイシャは竜王剣を再び振るう。

「そこっ！」

放たれた鋭い一閃は、三人の魔族を同時に斬り裂き、戦闘不能に追い込む。そして休むことなく前進し、今にも武器を突き出そうとしていた二人の魔族に対し、素早い蹴りを放つ。

「気功術攻式三ノ型『不知火《しらぬい》・二連』！」

まるで同時に放たれたかのように錯覚するほど速く、右足で二回蹴りを放つ。炎を纏《まと》ったその二発の蹴りは二人の魔族の顎を的確に打ち抜き意識を刈り取る。

その鮮やかな武技に魔族たちは額に汗を浮かべる。

「……なんだこのガキはっ!?　いくら何でも強すぎる!!　本当にヒト種なのか!?」

「感じる魔力はヒト種だ！　囲めば倒せる！」

「いやこんな強いヒト種がいるわけねえだろ！　きっと何かの亜人……竜族とかじゃねえのか!?」

竜族は成長が遅いので、一見子どもに見えても何百歳と歳《とし》をとっていることも珍しくない。それを知っていた魔族はルイシャが伝説の種族、竜族ではないのかと疑う。

（ま、竜族に格闘術を教えてもらってるからあながち間違ってないけどね……）

ルイシャは心の中でそう呟《つぶや》く。

気功術だけでなく普通の徒手格闘術もリオから直々に教わっているルイシャの動きはヒト族のそれよりも荒く、アグレッシブなものになっている。その怒濤《どとう》の攻めに竜族を重ねるのも無理はない。

「近接は分が悪いっ！　魔法で攻めろ！」

魔族の一人がそう叫んだことで、彼らは戦法を切り替え魔法攻撃を放ってくる。

ヒト族よりも肉体的に強い魔族だが、やはり彼らの真骨頂と言えばその高い魔法能力にある。魔族はたいした訓練を行わずとも、ヒト族のベテラン魔法使いレベルには育ってしまう。

そんな魔族《かれら》の殺意がふんだんに盛り込まれた魔法が次々とルイシャ目掛けて放たれる。

炎に雷に剣に槍、様々な魔法の一斉掃射。とても避ける隙間などありはしない。

しかしルイシャは降り注ぐ魔法の雨に一切当たることなくその隙間を縫うように駆け抜けた。

「どうなってやがる……？」

彼らの放った魔法は全てがまっすぐ飛んでいるわけではない。時にフェイントをかけて曲げたりしているためその動きを見切ることなど不可能なはずなのだ。

しかしルイシャはあらかじめ魔法がどの様に動くかを知っていたかの如く動いていた。

そんなのあり得ない。魔法に精通しているからこそあり得ないと分かる魔族たちは戦慄する。

（この魔法はこう動く。だからここで止まって……ここで進む。あの魔法は当たらない、無視していい）

ルイシャの眼《め》は完全に魔法の軌道を読むことが出来るようになっていた。それが何故《なぜ》なのかはルイシャも分からない。少し前、ダンジョンを抜け出してからたまに彼は魔法を『視《み》る』事があった。今までは使いこなせておらずたまに勝手に発動しているだけだったが、今この時、ルイシャはその力を使いこなしつつあった。

「到着……と！」

堂々と真正面から魔族たちのもとへたどり着くルイシャ。既に彼の左手には魔法が完成している。

後はそれを放つだけだ。

「に、逃げっ……！」

その莫大《ばくだい》な魔力に怖《お》じけ逃げようとする魔族たち。しかしルイシャはそんな暇など与えない。

思いっきり力を込め、魔法を打ち込むっ！！

「超位竜火炎《フォル・ドラファイア》！！」

ルイシャの右手から放たれたのは竜の形を模した火炎。炎の竜は大きな口を開き、逃げる間も与えず魔族たちを飲み込む。

「ぐおおおおっっ！」

竜に丸呑《まるの》みされた十数人の魔族たちは、全身を焼かれその場に倒れる。魔族の強靱《きょうじん》な肉体を持ってしてもルイシャの魔法に耐え切ることは出来なかった。

これほど強力な魔法、連発はできないだろうと思う魔族たちだが、ルイシャを見ると彼から放たれる魔力はまだまだ元気いっぱいだった。こんな魔法を連発されたら死んでしまう。ここに来て魔族たちの間に大きな不安が広がる。

「まだやりますか？」

その言葉にビクッと魔族たちの体は震える。

彼らは魔族の中でも血の気の多い戦闘狂たちの集まり。幾度も戦場を経験し、奪った命は数知れない。

俺たちがヒト種如《ごと》きに遅れをとるはずがない！　そう自負して彼らは人間領にやって来た。

しかしそんな自信は一人の少年によって脆《もろ》くも砕かれてしまった。自信を喪失した魔族たちから先ほどまでの威勢は消え失《う》せ、諦めムードすら漂っていた。

ようやく話ができそうだと感じたルイシャは彼らに問いかける。

「聞きたいことがあります、ウラカンという魔族はどこにいるんですか？　素直に教えてくれればこれ以上あなたたちに危害を加えません」

その名前を聞いた魔族たちはビクッと震える。彼らはみな一様に目を伏せ、誰もその質問に答えようとしない。

「ど、どうしましたか？」

「い……言えねえ。確かにあんたは怖いが俺たちのボスはもっと怖い。も、もし裏切ったなんて知られたら何をされるか分からねえ。そ、それに話したくてもボスが今どこで何をしてるか知らねえんだ。あの人は自分の信頼してる部下にしか重要なことは話さねえ」

「そんなに恐ろしい人なんだ、いったいどうすれば……」

目の前の魔族は嘘《うそ》を言ってるようには見えない。事実路地裏で出会った魔族もウラカンの行動を知らなかった。

これからどうする。刻一刻と過ぎていく時間にルイシャは焦る。

目の前の魔族は百人を超える大所帯。今は膠着《こうちゃく》状態だが、一斉に逃げ出されでもしたら全員を捕まえるのは不可能。いくらルイシャでもこの人数を一気に倒し切るのは現実的でない。

しかし時間をかけ過ぎればウラカンを野放しにしてしまう。それはあまりにも危険すぎる、一体どうすれば。ルイシャがそう思案していると、唐突に大きな声が辺りに響く。

「おいガキぃ！　これを見ろ！」

声の方を見てみると、一人の魔族が一人の兵士を押さえつけその首元にナイフを突きつけていた。どうやら逃げ遅れた兵士が宿舎にいたようだ。

「すまない少年、私のことは気にしないでくれ……」

「うっせえ少し黙ってろ！」

魔族の男は兵士の頭部をナイフの柄で殴りつけ黙らせる。そして再び首元に刃先を押し当てルイシャに見せつける。

「ちょっとでも動けばこいつがどうなるか分かるよな!?　分かったら剣を捨てな!!」

「ぐっ……」

「くっくっく、どうやら見捨てられねえみたいだなッ！　これだからガキは甘い、調子に乗ったツケをたっぷり利子つけて返してやるからな、覚悟しやがれ……！」

剣を離したところで兵士を介抱してくれるはずもない。しかしそれでもルイシャにはその人を見捨てるという選択肢は取れなかった。

「……これでいいですか」

竜王剣を手放し、地面に置く。それを見た魔族たちはさっきまでの不安な顔から一変して笑みを見せ始める。

そして彼らはぞろぞろとルイシャを囲むようにして近づいてくる。

「形勢逆転だなガキ、確かにお前は強かったが……運が無かったな」

そう言って拳を握った魔族は、その拳で思い切りルイシャの頬を殴り飛ばす。ゴッという鈍い音と共に頬が腫れ口から血が一筋流れ落ちる。

しかしルイシャはそれに屈することなく、それどころか力強い目で魔族の男を睨《にら》み返した。

「この状況でまだそんな目が出来るとはな、だがこの人数を相手にいつまでその虚勢が張れるかな」

今度は周りの魔族が武器を構えルイシャにその切っ先を向ける。いくら鍛えているルイシャでもこれを全て受け切るなど不可能。こんなとこで負けられない、いったいどうすれば――――。必死に頭を回転させるルイシャだが、無情にも刃は襲ってくる。

「死にさらせッ！」

四方八方から襲いくる刃の数々。ここまでなのか……そう思った次の瞬間、思わぬことが起きる。

「超強力煙玉《スモークボール》ッ!!」

突如ルイシャを中心に巨大な煙幕が巻き起こる。突然の出来事にルイシャを含め、その場にいた者たちは混乱する。

(な、何が起きてるんだ!?)

辺りを見回すが煙が濃過ぎて何も見えない。ひとまず魔族の包囲から抜け出そうとするルイシャだが、そんな彼の手首を何者かが摑《つか》む。

「こっちだ」

「え!? 誰ですか!?」

「敵ではないから安心して欲しい。さ、早く」

「ちょ、わ、分かりましたって!」

謎の人物に引っ張られ、ルイシャは煙の中から脱出する。

視界が回復した彼の目に入ったのは、銀色の全身鎧《フルプレートメイル》に身を包んだ人物だった。煙が出るまでその人物はいなかった。いったい誰なのだろうとルイシャの疑問は深まる。

「あの……どなたですか?」

「初めまして、私は銀剣のローランと申します。彼に連れられてここに来ました」

そう言ってローランと名乗った人物は後方を指さす。そちらに目を移してみると、見覚えのある人物がこちらに走ってくるのが見えた。

「兄貴――っ! ご無事でしたか――っ!!」

「ええ!? マクス!?」

ルイシャのもとに駆け寄ってきたのはジャッカルのリーダー、マクスだった。しかも彼だけじゃなくその後ろには屈強な男たちがぞろぞろとついて来ている。いったい彼らは何者なのだろうかとルイシャは首をかしげる。

「な、なんでマクスがここにいるの？　それに後ろの人たちは……？」

「ヴォルフに聞いて応援を連れてきたんですよ！　こいつらはみんな腕利きの冒険者、魔族だろうと負けはしません！」

ドン、と胸を叩《たた》き自慢げに胸を張るマクス。確かにこれだけの冒険者がいればかなり心強い。

しかしルイシャは一つ疑問に思った。

「でもこれだけの人、よく集められましたね！　マクスにこんな人望があったなんてびっくりだよ！」

その言葉にマクスは「え？　あ、ああ……まあ余裕ですよこれくらい！」と明らかに挙動不審になる。

もちろんマクスに人望など無い。彼が冒険者を連れて来るまでには大変な道のりがあったのだった。

◇　◇　◇

「はぁ、はぁ、ようやく、着いたぜ」

遡ること数十分。ジャッカルのリーダーのマクスと魔法使いマールは冒険者組合を訪れていた。

商業地区の中にあるその木造の建物は、四階建てと他の建物より明らかに大きい。これは冒険者組合の力の大きさを表しており、冒険者組合は国に属していない独立組織であるにもかかわらず戦力的、そして権力的にも一つの国のそれに匹敵するほどの力を持っている。

一階は冒険者組合に寄せられた依頼、いわゆる『クエスト』が受けられるようになっており、冒険者たちは掲示板に貼られた依頼書の中から自分にあったクエストを選び、受付に持っていく。

一階は酒場も兼ねており、暇を持て余した冒険者や、クエストを終え祝杯を上げる冒険者などでいつも溢《あふ》れかえっている。

そんな活気に溢れる組合の扉をバン!! と大きな音を立てながらマクスたちは中に入る。

突然のことに何事かと扉の方を向く冒険者たちだが、入って来た人物を見ると「なんだマクスか」といった感じで興味を失い、各々酒の続きを楽しんだり掲示板に目を移したりしてしまう。

そんな冒険者たちの反応を見て心が折れそうになるマクスだったが、頬を叩き気合を入れ直す。

「だ、大丈夫？」

「ああ、こんな反応は想定内だ。兄貴のためにもこんな所で挫《くじ》けてたまるか」

マクスはそう言うと、大きく息を吸い室内にいる冒険者全員に聞こえるように叫ぶ。

「みんなっ！　俺の話を聞いてくれーっ！」

喧騒《けんそう》に負けないほどの大声でマクスは呼びかける。彼の必死に呼びかけに、冒険者たちはめんどくさそうではあるが彼の方を見る。

「魔族が王都で暴れてるんだ！　今すぐ動かないとたくさんの犠牲者が出る！　力を貸してくれっ！」

マクスの必死の訴えが組合内に響き渡る。

しばらくの沈黙が訪れ……数秒後、冒険者たちは一斉に笑い出す。

「ぷ、ぷふーっっ!!　何を言うのかと思えば魔族が暴れてるだとよ！　おお怖い怖いっ！」

「くくっ、傑作だぜ！　今度はどんな金儲《かねもう》けの小狡《こずる》い手を思いついたんだろうなっ！」

マクスを馬鹿にして笑い転げる冒険者たち。自分の言葉を信じてもらえないだけでなく馬鹿にまでされ、マクスは悔しくてたまらなくなる。

しかし冒険者たちにこんな反応をされるのも過去の行いのせいだ。それほどまでにマクスたちは信用されていなかった。

「俺が言っても信じられねえとは思うが頼むっ！　俺の尊敬する人がピンチなんだ！　みんなの力を貸してくれ！」

手を地面につけ必死に訴えるマクス。しかしその程度では冒険者たちの認識は覆らなかった。

すると必死に懇願する彼のもとに一人の人物が近づいてくる。筋肉質の肉体にオールバックの黒髪が特徴的なその男はいかつい顔つきをしており、街中ですれ違えば十人が十人目を背ける見た目をしていた。

「おいマクスぅ、もう茶番はやめようぜぇ。せっかくの酒がマズくなっちまうじゃあねぇか」

「ムンバ……！」

話しかけてきたのは『斬り裂きムンバ』の異名を持つ冒険者。首から下げている冒険者証の色は金、つまり彼は金等級冒険者ということになる。

金等級には将紋《しょうもん》を持つ者と同等の実力がないとなることが出来ない。つまりそれは人の枠を超えた存在であることの証明だ。ムンバもその例に違《たが》わず『爪将紋《そうしょうもん》』をその身に宿す一流の戦士だ。

「ムンバ、俺のことが信じられないのはよく分かるが話だけでも聞いちゃくれねえか？　同期のよしみで頼む」

「同期だぁ？　確かにお前とオレ様は同時期に冒険者になったがよぅ、お前はいまだに銅等級、それに対してオレ様はピッカピカの金等級ぅ。同期と呼ぶにゃあ……ちょうっと立場が違いすぎねぇか？」

小馬鹿にした様子でそう話すムンバ。確かに彼の言う通りマクスとムンバの立場は差が開き過ぎている。同期だから話を聞いて欲しいというのには少し無理がある。

「むしろ感謝して欲しいくらいだぜぇ。他の誰でもない同期のオレ様がお前の愚行を止めに来てやったんだからよぅ」

ムンバの言葉にマクスは反論も出来ず黙ってしまう。このまま力を借りることが出来なければ、ルイシャの助けに行くことが出来ない。魔族の侵攻が進めば冒険者たちも気づき手を貸してくれるだろうがその頃には手遅れになっているかもしれない。

どうすればいい。額に汗が浮かび、焦りだけが募っていく。

八方塞がりの状況に追い込まれるマクス。そんな時一人の冒険者が立ち上がった。

「興味深いお話ですね。私も交ぜていただいてよろしいですか？」

凛《りん》とした声でそう発したのは、銀色に輝く全身鎧《フルプレートメイル》に身を包んだ人物。顔をすっぽりと覆う兜《かぶと》を装着しているためその顔は窺《うかが》い知れないが、声から察するに青年のようだ。

「ええとあんたは……」

「何度かお見かけしたことはありましたが、お話しするのは初めてですね。私は『銀剣のローラン』と申します、どうぞお見知り置きを」

名前を聞きマクスは思い出す。〝銀剣〟の異名を持つ若い剣士が王都で今、破竹の活躍を見せていることを。

冒険者としてデビューしてすぐに、はぐれ竜の討伐や凶悪犯罪組織の壊滅など数々の武勇伝を打ち立てたローランは、十八歳という若さながら金等級冒険者にまでなったのだ。

もしかしたら冒険者の最上位『白金等級』にまで登り詰めるのではないかと噂《うわさ》されるローランは、万年銅等級のマクスからしたら雲の上の存在だった。

「あんたがあのローランか。噂は聞いてるぜ」

「それは光栄です。私も貴方《あなた》方の噂は何度か耳にしたことがありますよ。いい噂ではありませんでしたけどね」

「まあ……そうだわな」

突然現れた凄腕《すごうで》冒険者、最初は味方をしてくれるのではないかと淡い希望を抱いたマクスだったが、どうやらそう上手《うま》くはことが運びそうにない。しかし味方をするわけでないのならいったい何が目的なのだろうか、マクスには見当もつかなかった。

「あまり組合に顔を出さない私でも貴方の悪評を知っている以上、いくら言葉を並べ立てたところでここにいる者の信頼は得られないでしょう。であるのならば……行動で示すしかありません」

ローランは腰に下げていたブロードソードを抜き、真《ま》っ直《す》ぐに構える。その所作はとても華麗であり、窓から差す光が鎧と剣を煌《きら》めかせていることも相まって、まるで絵画の中に出て来る騎士のように美しかった。

「語るのであれば剣《これ》で。貴方の覚悟を見せてください」

「……まじかよ」

まさかの展開にマクスは硬直し息を呑《の》む。彼は贔屓目《ひいきめ》に見ても銅等級中位程度の実力しかない。そこらのゴロツキ程度であれば問題なく勝てる実力はあるが、裏を返せばゴロツキと比べられる程度の実力しかない。

竜の討伐経験がある金等級冒険者と比べたら雲泥の差、月とスッポン、ドラゴンとスライムぐらいの違いがある。

「大事なのは覚悟です。何も私に勝てと言ってるのではありませんよ。貴方の覚悟を、真剣を、本気を、私と他の方たちに見せてください」

そう語る彼の体から放たれる闘気は本物。目の前に立っているだけで腰が抜けそうになるほどだ。

先ほどまで笑いからかっていた冒険者たちも、マクスに同情していた。

「さあ、どうなさいますか？」

「……」

沈黙。額に汗を浮かべながらマクスは熟考する。

どうすれば、いったいどうすれば最良の結果を得られる？　何をすれば、尊敬するあの人の力になれる？

「ねえマクス、無理しなくていいよ」

見れば仲間のマールが泣きそうな目でこちらを見ている。しかし彼の決意は変わらなかった。

「……いいぜ、やってやるよ」

「何言ってんのマクス!?　勝てるわけないじゃん!!」

「それがどうした。俺たちの尊敬するあの人ならこうする。たとえ相手の方が強くても逃げ出したりしねえはずだ」

引き留めようとするマールを振り切り、彼はローランの前に立つ。腰に差したショートソードを抜き放ち目の前の人物と同様にその切っ先を向ける。

「ってなわけだ。今更逃げようったって認めねえからな」

「――――素晴らしい。その勇気に敬意を表し、全力で臨ませて頂きます」

「け、手を抜いてくれても一向に構わないぜ？」

ローラン相手に一歩も引かず、軽口まで言う彼を見て、冒険者たちは開いた口が塞がらなくなっていた。無関係な自分たちですらここから逃げ出したいと思うほど、ローランの放つ気迫は恐ろしいものだった。

それなのにマクスは逃げずにローランと向かい合っている。今までの情けない彼のことを知っているからこそ信じられなかった。

「いつでもいいぜ」

「……分かりました」

マクスの言葉に応じ、ローランは剣を上段に構える。

「行きます」

その言葉を合図にマクスは走り出す。先手必勝、勝負を長引かせても不利になるだけだと知っているマクスはまっすぐ最短距離で接近し、力の限り剣を振るう。

「戦法もクソもねえ！　くらいやがれ！」

得意の逃げ足を活《い》かし一気に距離を詰める。しかしローランは剣を上段に構えたままピクリとも動こうとしない。

なんか知らねえが先手は貰《もら》った！　そう思った次の瞬間、ローランの腕が――――消える。

「そこ」

否、本当に消えたのではない。

まるで消えたのかと錯覚してしまうほどの速さで彼は剣を振るったのだ。不可視の剣閃《けんせん》はマクスの左肩から腹部にかけて一瞬で駆け抜ける。あまりの速さにマクスは自分が何をされたのか理解出来なかった。

外したのか？　そう勘違いした次の瞬間、想像を絶する痛みが彼を襲う。

「――――あぁっ!!」

熱した鉄の棒を押し付けられたかのような痛み。「痛い」という言葉を発する余裕すらなくマクスはその場に倒れる。一瞬で顔中に脂汗が浮かび、体が細かく痙攣《けいれん》する。その様子はさながら陸に打ち上げられた魚のようだった。

「……今のは峰打ちです。肉は斬れていないでしょうが、その衝撃は内臓にまで達しているはず。まだ続ける覚悟が貴方にありますか？」

しんと静まり返る室内。冒険者たちはただただ目の前で起こる惨劇を見守ることしかできなかった。

「……続けられないのであればこの話は終わりです。どうしますか？」

ローランの言葉はマクスの耳に届いている。急いで立たなくてはと思ってはいるが体が言うことを聞いてくれない。

「か……ぁ」

全ての力を絞り出しても、か細い声しか出ない。とても戦いを続けられるような状態ではない。

そんな彼を見かねたマールが二人の間に割り込む。

「もう十分です！　やめてください！」

両手を広げマクスを庇《かば》うように立つ。ローランのことは怖いが、仲間を失うことの方がもっと怖かった。

「貴女《あなた》が彼の代わりを務めてくださるのですか？　私は女性が相手でも手は抜きませんよ」

ローランは再び剣を構える。

マールの脳裏に浮かぶのはマクスが斬られた光景。怖い、今すぐにでも泣き叫びながら逃げ出したい。でも今ここで彼の味方なのは自分だけだから。

震える足でしっかりと床を踏み、泣きそうな目でキッと睨《にら》み返す。彼女の覚悟もマクスに負けていなかった。

「……ほう」

感心したように声を漏らしたローランは再び剣を振るう。不可視の剣閃がマール目掛け放たれるが、それが命中することは無かった。

「……どういうつもりですか、ムンバさん」

ローランの銀剣は、マールに当たる直前でムンバの装着した大きな鉤爪《かぎづめ》に止められていた。鉤爪を払い、ローランの剣を退《ど》かしたムンバはマールとマクスを庇うようにローランの前に出る。

「おい、てめえオレ様の同期をあんまりイジメてんじゃねえぞ」

「おかしいですね。貴方は先ほどまで彼らの味方ではなかったはずですが」

「うるせえな、気が変わったんだよ！　とにかくその剣引っ込めてもらうぜ」

鉤爪を構え威嚇するムンバ。彼だけじゃない、見れば今まで静観していた冒険者たちも立ち上がり、武器を手にマクスたちのもとに集まり始めている。そしてみな一様にローランのことを睨みつけているではないか。

「……ふむ、これではまるで私が悪者ですね。それよりみなさん、彼の味方をするということは私と敵対するということになるのですが……それは覚悟の上ですね？」

ローランの体から放たれる鋭い殺気。今この場にいる者で彼と対等に戦えるのはムンバを含めた少数の金等級冒険者のみ、ほとんどの冒険者は彼とまともに戦うことはできない。

――――しかし、それでも逃げる者はいなかった。その覚悟を見たローランは殺気を引っ込めると「くす」と笑う。

「……良かったですねマクスさん。みなさん貴方の力になってくださるみたいですよ」

その言葉に「へ？」と首を傾《かし》げる冒険者たち。話しかけられたマクスはマールに支えられ体を起こすとローランの方を見る。まだ立てるほどは回復していないがマールに回復薬《ポーション》を貰ったので先ほどよりは元気そうだ。

「……へ、全部あんたの筋書き通り……ってか？　役者だなあんた」

「まさか。貴方が他の方々の心を動かすことが出来なければ私は本当に見捨てていましたよ。もちろん今の結末を望んでいましたけどね」

キン、と剣を納めながらローランは言う。相変わらず顔は隠れているのでその言葉の真意を表情からは窺《うかが》えないが、マクスは感謝の言葉を口にする。

「その言葉が本心かは知らねえが礼を言わせてもらうぜ。ムンバ、お前にもな」

「お、オレ様はてめぇが惨めにボコられてんのが見てらんなかっただけっつうの！……あ？　なに冒険者達《てめえら》笑ってやがんだ！　ぶちのめすぞ！」

顔を赤くしながら怒鳴り散らすムンバを見てマクスは笑う。そんな彼のもとにローランは近づき尋ねてくる。

「さて、本題に入りましょう。魔族の件、詳しくお聞かせ願えますか？」

「ああ、勿論《もちろん》だ。頼りにしてるぜ」

かくしてマクスは頼りになる仲間を得ることに成功したのだった。

◇　◇　◇

組合にいた冒険者は五十人ほど。その内十人は正門に向かい、残りの四十人が宿舎に来た。

宿舎側には特に腕に覚えのある冒険者が集まっており、非常に頼りになりそうだ。

「おいマクス、人質になってた奴《やつ》を捕まえてきたぜ」

そう言ってムンバは肩に担いだ兵士を地面に下ろす。どうやら煙幕の中に入って救出してきてくれたらしい。一流の戦士は視界を塞がれても気を感じ取り動くことができる。魔力に頼る魔族には出来ない芸当だ。

「よかった、無事だったんですね……」

兵士が無事保護されていたことを知ったルイシャはほっと胸を撫《な》で下ろす。ルイシャは改めて、ローラン、ムンバ、そして冒険者たちに頭を下げる。

「皆さんありがとうございます。おかげで助かりました」

「礼を言いたいのはこちらの方だ少年。よくぞ魔族を引き止めておいてくれた。後は任せたまえ」

銀色に輝く剣を抜き、ローランは魔族の方へと歩を進める。既に煙幕は晴れ魔族たちは視界を取り戻している。

「おい……俺にも遊ばせろよ！」

ローランに続いてムンバも鉤爪を構え突撃する。二人から感じられる闘気は魔族兵士のそれを超えている。任せても大丈夫だろうと感じたルイシャはマクスに目を移す。

「マクス、ここは冒険者の人たちに任せたいんだけど大丈夫かな？」

「もちろんお任せください。兄貴はどうするんですか？」

「僕は、ボスを叩《たた》く」

そう言ってルイシャは王城のすぐ横にそびえ立つ、巨大な時計塔に目を移す。

「あそこにあいつらのボスがいるんですか？」

「分からない。だけど……見えるんだ。あそこの屋上からドス黒い何かが」

「へ？　そんなもの見えないですが？」

マクスの目にはいつもの見慣れた時計塔しか映っていなかった。しかしルイシャの目には確かに何か悍《おぞ》ましさを感じる黒い光のようなものが屋上に纏《まと》わりついているのが見えた。

あれが何なのか、何であんな物が見えるのかは分からない。ただあそこに行かなければいけないという直感をルイシャは感じていた。

「まあ兄貴が何か感じるのでしたら止めはしません。俺も頑張ってローランたちの加勢をするので兄貴も頑張ってください！」

「うん、本当に助かったよ。ありがとう！」

ルイシャはそう礼を言うと時計塔の方向へ駆け出す。そして指で作った輪っかを咥《くわ》えて息を吐き、指笛を鳴らす。

すると『クエエエェェー!!』と大きな鳴き声を響かせながら、ルイシャの飼っている巨大な鳥、ワイズパロットのパロムが現れる。

パロムは低空飛行し走るルイシャの横につく。それを確認したルイシャはそのままパロムの背中に乗り高度を上げさせる。

「よしよし、いい子だね」

そう言ってパロムの頭を撫でると『クエ♪』と嬉《うれ》しそうに鳴く。

「悪いんだけど少しだけ力を貸して欲しいんだ。大変だけどあの大きな建物の上まで運んでくれないかな？」

ルイシャのお願いにパロムは任せろとばかりに『クエッ！』と力強く返事をする。

「ありがとう、それじゃ全速力でお願いっ！」

『クエィ！』

元気よく返事をしたパロムは、時計塔の屋上を目指して猛スピードで空を駆けるのだった。

◇　◇　◇

王都北東部には倉庫街と呼ばれる場所が存在する。

以前ルイシャとヴォルフが盗賊団を追ってやってきたのもここだ。

滅多に人が来ないため商店などはなく、代わりに大きな倉庫が立ち並ぶこの場所には、王国騎士団もあまり巡回しないので浮浪者や犯罪者が多数隠れ住んでいる。スリや暴行事件もよく起き、非常に治安の悪い場所なのだ。

そんな倉庫街に一軒のボロい小屋があった。素人が板を無理やり繋《つな》ぎ合わせて作ったような見た目をしている。倉庫街にはこのような小屋は珍しくないので誰も気には留めなかった。

それがこの家に潜む者には都合が良かった。

「……今頃、城はどうなってんすかね」

ルイシャのクラスメイトであり、王子ユーリの護衛でもある青年イブキは座った椅子を揺らしながらそうボヤく。

イブキのいる小屋の中は、その貧相な外観からは想像できないほど綺麗《きれい》に整えられていた。それもそのはず、この小屋は王族関係者が非常事態の時に利用する避難場所の一つだったのだ。

ボロボロの外観はそれを隠すためのカモフラージュ、実際は非常に頑丈にできており、ちょっとやそっとの攻撃では壊れない造りになっている。

そして当然小屋の中にはイブキだけでなく、主人のユーリもいた。彼も簡素な造りの椅子に座りながらイブキに返事をする。

「ここでいくら考えても分からないさ。なにせここから王城まではかなりの距離がある。ここで異変を感じ取れた時にはもう手遅れになっているだろう」

「そうっすね……」

二人の間に重い空気が流れる。

フロイ王からここで生活するよう言い渡された二人は、それに従いひっそりと暮らしていた。王族の血を残すため仕方ない、そう理解してはいるが王国の危機に何もせずじっとしているのは大変な苦痛だった。

狭い小屋の中にずっといるせいで閉塞感を終始感じ、空気は日を増すごとに重く悪くなるばかりだった。

（あ〜、居辛《いづら》すぎるっす〜）

この重苦しい空気に普段明るいイブキはすっかり参ってしまっていた。

ユーリはずっと椅子に座って考え事をしていて喋《しゃべ》りかけても「ああ」とか「どうだろうな」などの生返事しかしてくれないし、狭い室内では剣を振るって気を紛らわすことも出来ない。

いったいどうやって時間を潰したものっすかね……などと考えていると、突然外がドタドタと騒がしくなってくる。

「イブキ、この足音こっちに近づいてきてないか？」

「……そのようっすね、王子は部屋の奥に」

イブキは警戒モードに入ると、剣を抜き放ち小屋の唯一の入り口に剣先を向ける。

(魔族にここがバレた？　いくらなんでも早すぎないっすかね……)

表情こそ落ち着いているがイブキは内心焦っていた。狭い室内、剣士の自分では本領が発揮できないだろう。もし大きな魔法を撃たれたら、自分の身を守れたとしても王子まで守るのは不可能だろう。剣を握る手にも自然と力が入る。

「……止まった」

聞こえていた足音は小屋の入り口の前で止まる。間違いない、足音の主はここを目指してやってきたのだ。

(足音は一つじゃなかったっす、相手は複数人いると見て間違いないっすね)

足音の主はなかなか小屋に入って来なかった。耳を澄ませば話し声が聞こえてくる。作戦でも練っているのであろうか。

いずれにしろこのままでは侵入されるのも時間の問題だ。イブキは床板を開き、そこにある隠しスペースにユーリを入れる。

「ドアを開けます。王子はじっとしててください、もし危険を感じたら俺を置いて逃げてください」

「ああ、すまない」

一人小屋に残ったイブキは、意を決して扉をガチャリと開けて外に出る。

するとそこにいたのは意外な人物だった。

「おお！　イブキじゃねえか本当にいやがったぜ！　さすがチシャ！」

「調子がいいなあバーンは、ていうかもう降りていい？　もう吐きそうっぷおろろ」

「ちょ、こんなとこで吐かんといてや！　ムーちゃんが汚れてまうやないか！」

そこにいたのはイブキもよく知っている、クラスメイトのバーン、チシャ、カザハの三人だった。なぜか三人は巨大なムカデと共に小屋の前にいた。もしかしてこれに乗ってやってきたのだろうか、チシャは乗り物酔いをしたようで顔が真っ青だ。

「な、なんでみんなこんなところにいるんすか!?　この場所は誰にも伝えてないのに!?」

王族の避難場所は王国の関係者でもごく一部の者にしか伝えられていない。

それなのになぜ？　イブキは想定外の事態に混乱する。

「今はそんなこと話してる場合じゃないんだよイブキ」

よろよろしながらも自分の足で地面に降り立ったチシャはそう切り出す。

彼の深刻そうなトーンの言葉を聞き、イブキはそれを察する。

「……魔族の攻撃が始まったんすね」

「話が早くて助かるよ。ここに隠れていたのはそれを予想してのことなのかな？」

「その通りっす。わざわざこんなとこまで来て貰《もら》って悪いっすが、俺っちたちはここを離れることは出来ないっす。みんなも巻き込まれないように避難して欲しいっす。心配でしょうが騎士団がなんとかしてくれるはずっす」

「……その騎士団が閉じ込められてるとしたら」

チシャのその言葉にイブキは固まる。

もしそれが本当だったら未曽有《みぞう》の危機。イブキはゴクリと唾を飲んだ後、口を開く。

「どういう……事っすか」

「やっぱり知らなかったんだね。今王城は特殊な結界魔法で覆われてるんだ。そのせいで城の中にいる人たちは外に出られないだけじゃなくて魔族が暴れてることに気づいてすらないんだ。今ルイシャとヴォルフが戦ってくれてるみたいなんだけど、二人だけじゃ全ての魔族を相手しきれる訳がない。だから騎士団を解放するために結界を壊さなきゃいけないんだけど僕たちだけじゃそれは出来ない。だから力を貸して欲しいんだ！」

必死に訴えるチシャ。イブキが返答に困っていると小屋の扉がキィ、と音を立てて開く。

「今の話は本当か……？」

小屋の中から姿を現したのはユーリだった。

彼の姿を見てチシャたち三人はホッとする。よかった、無事だったんだと。チシャは緩んだ気を再び引き締めると、今度はユーリに向かって話し始める。

「本当だよ、城は結界で完全に外と分断されちゃってるんだ。結界を壊すためには中に入るしかない、そのための方法を探しているんだ」

「……詳しい話は中で聞こう、狭いが入ってくれ」

ユーリに促されチシャ、カザハ、バーンの三人は小屋に入る。

ユーリの言葉は謙遜ではなく、小屋の中は本当に狭かった。五人全員が入ると自由に歩くスペースがないほどギチギチになってしまった。

「じゃあ僕から話すね。もっとも僕はバーンからしか話を聞いてないから今ルイシャとヴォルフがどんな状況かは知らないんだけど」

そう前置きしてチシャは王都で何が起こっているかを手短にユーリたちに話した。

「なるほど、思ったよりも状況は悪そうだな……」

「そうなんだよ！　だから力を貸して欲しいんだ！　ユーリなら城に入る方法も知ってるでしょ！」

城の隠し通路、そこなら結界の効果も及んでいないと考えたチシャはユーリたちを捜したのだ。

見つけることさえ出来れば力を借りることなど簡単……三人はそう考えていたのだが
ユーリの返答は意外なものだった。

「……すまない。僕は手を貸すことは出来ないんだ」

「なっ……！」

その言葉に絶句するチシャたち三人。

ユーリがどれだけこの国のことを愛し、尽くしているかを友人である彼らはよく知っている。そんな彼が協力してくれないなんて夢にも思わなかった。

「魔族との戦いは更に過激になるだろう、君たちも早く逃げたほうがいい」

そう言ってユーリは話は終わりだとばかりに背を向ける。その背中からは強い拒否の意志を感じる。あまりのショックに言葉を失うチシャの代わりにバーンが声を荒らげる。

「てめえ！　それ本気で言ってんのか!?」

ドスの効いた声でバーンは詰め寄るが、剣に手を添えたイブキがその前に立ちはだかる。

「おっと、それ以上王子に近づくことは許さないっす」

「イブキ、てめえ……」

「悪く思わないで欲しいっす。俺っちだって友達にこんなことしたくはねえっすがこれが仕事なもんで」

「うるせえ！　寝ぼけたこと言ってやがっから俺が一発ぶん殴って目を覚まさせてやんだよ！　みんなが戦ってんのにお前一人だけ逃げてんじゃねえぞ！　みんなのことが心配じゃねえのかよ！」

立ち塞がるイブキを退《ど》かして近づこうとする。しかしイブキはそんなバーンの襟元を摑《つか》むと、その足を払い、投げて床に組み伏せる。ドン！　と音をたてて背中を床にぶつける

バーン。当然怒って声を荒らげる。

「てめえ！　いったいなにしや……」

「お前に王子の何が分かるッ!!」

　普段のイブキからは想像もつかないその怒鳴り声に一同は驚き沈黙する。その声から感じるのは強い怒り、こんなにも感情を露《あら》わにした姿を見るのは前にユーリが命を狙われ斬られた時以来だった。

「王子がどれだけ悩んでいると思う！　ここに来てから王子はずっと寝ることすら出来ていない！　ずっと心配し、ずっと案じ……ずっと苦しんでいる……！　そんなことも知らずよくも抜け抜けと悪く言えたな！　誰が許しても私だけは絶対に許さない！　謝れっ！　王子に……謝れえっ……！」

　肩を震わせながらイブキは握りしめた拳をぽすっと力無くバーンの腹の上に振り下ろす。取り乱したその姿にバーンは言葉が出なかった。

　小屋を支配する沈黙。それを破ったのはユーリだった。彼は小刻みに震えるイブキの肩に手を置き優しいトーンで話しかける。

「ありがとう僕の代わりに怒ってくれて。でもいいんだ、バーンの言うことももっともなんだから」

「……でも、それじゃ王子があまりにも報われねえっすよ」

「お前が分かってくれてるだけで十分報われてるよ」

「そうまで言われたら引き下がるしかないじゃないっすか。ばか王子」

イブキはすっと立ち上がりバーンの上から退く。あっけに取られるバーンに近づいたユーリは彼の手をつかみ起き上がらせる。

「大丈夫か？」

「あ、ああ。俺は大丈夫……じゃなくて、その……ごめん。お前の気持ちも考えず勝手な事ばっか言って。そうだよな、お前が苦しんでねえわけがねえ。そんな当たり前のこともわからずに好き勝手言ってごめん」

そう言ってバーンは深く頭を下げる。

「いいんだ、君が怒るのも当然。この緊急事態にのんびり引きこもっている方が悪いに決まっている。その事実に僕の気持ちなど関係ないんだから」

ユーリの言葉に押し黙る一同。いったいどう声をかければいいものか、そう悩む中、チシャは意を決しユーリに尋ねる。

「ユーリはどうしてこんな所にいるの？　理由があるなら教えて欲しい」

「そうだね、これは言うつもりはなかったんだけどここまで来てしまったんだからもう隠す必要もないか」

ユーリはそう言うと、なぜ自分がここにいるのかを正直に話した。

　それを聞いたチシャたちはますます何も言えなくなってしまう。ユーリは父である国王フロイの命令でここにいる。それに異を唱えることはすなわち王の考えを否定することになる。国が国であれば打ち首ものの狼藉《ろうぜき》だ。

「……くそっ！　どうすりゃいいってんだよ！」

　苛立《いらだ》たしげにバーンは机を殴る。チシャとカザハも悔しげに唇を噛《か》む。せっかくここまで来たのに何も出来ないのか――。そんな諦めの空気が狭い小屋を満たす。

　それを見かねたユーリは再び謝罪の言葉を口にしようとする。

「本当にすまないみん……」

「もう、やめねっすか？」

　突然ユーリの言葉を遮るようにして声を発したのはイブキだった。

「やめる、というのはどういうことだ？」

「もう見てらんないっす。もうこれ以上そのツラい顔を俺は見てらんないっす」

　ユーリは必死に心を殺し、辛《つら》い気持ちを表情に出さないようにしていた。しかし長年連れ添い、誰よりも彼のことを理解しているイブキからしたらその程度の演技、すぐに見抜けてしまう。

「いいんだイブキ、もうこれ以上言うな」

「いーや黙らねっすよ。今回という今回は言わせて貰うっす。王子はいつもいい子でいすぎなんすよ。自分が我慢してみんなが幸せになれるならそれでいい、王子はそんな事ばっか考えてるっす。でもいい加減やめないっすか我慢するのは。たまには好きに生きればいいじゃないっすか」

「……僕には国を預かる者になるという責任がある。それは君も理解してるだろう。好きに生きられるならそうするさ。今すぐにでも城に向かって父上をお救いしたい。愛するこの国を脅かす魔族を打ち倒す助けになりたい！　でも父上にここにいろと命じられた以上そんなことできる訳がない！」

ユーリの力強い言葉に、チシャたちは驚く。国のことを大事に思っていることは知っていたがここまで熱い気持ちを持っているとは。

クラスメイトたちが驚く中、イブキだけは兜《かぶと》の下で笑みを浮かべていた。やっと王子の本心を聞き出せた。笑顔の下に仕舞い込んでいる本音をその口から聞くことができ嬉《うれ》しかった。ここまで出来たならあと一押しだ。

「やっぱり王子もそう思ってるんじゃないっすか。じゃあ行動しましょうよ」

「だから言ってるだろう、僕は国を預かる者としての責任が」

「でも、まだ子どもっす。将来国を預かる立場かもしれないっすがまだ王子は子どもっす。間違いもするし、言うことだって全部は聞かない。それでいいじゃないっすか」

「しかし……」

　イブキの言葉に揺らぐユーリだったが、まだ納得しきれていなかった。王子としての責任感が彼の心を強く縛り離れない。それを解きほぐすチャンスは今しかない、イブキはそう直感した。

「俺っちが仕えているのは国でも国王様でもない、あんた唯一人《ただひとり》っす。だから極論こうすれば国が良くなるだとか、王様がこう言ったからだとか、そんなもんどうでもいいっす。王子、あんたがどうしたいか、俺っちが従うのはそれだけですよ」

「僕が……どうしたいか」

　常日頃彼の頭にあったのはどうすれば国が良くなるか、どうすれば父の期待に応えられるかだけだった。自分の欲など一番後回し。それが彼の性分だった。

「確かにここで城に戻ったら国王様に怒られるかもしれねっす。期待を裏切ることになるかもしれないっす」

「じゃ、じゃあやはりやめるべきじゃ……」

「そん時は俺っちが一緒に頭を下げてごめんなさいするっす。だからもう一人で全部抱え込まないでください」

「お前、そこまで僕のことを……」

　目頭が熱くなる。ここまで強く、熱く思われていたとは思わなかった。自分は一人ではないことにようやく気づけた彼の心はフッと軽くなる。

ユーリは小屋に来てから初めて笑みを浮かべた。

「一緒に怒られる……か。主人にそんなことを言う従者なんてお前ぐらいしかいないだろうね。はあ……全く……。いいかイブキ、よく聞けよ。忠告しておくが……父上の小言は長いぞ？」

「王子……！」

その言葉はユーリの覚悟が決まったことを表す。彼は王子としての役割ではなく、国を愛する一人の人間としての意志を選んだのだ。

バーンたちもそれに気付き「よし！」とガッツポーズをする。

「はあ、全く僕らしくない。だが不思議と嫌な気分じゃないね」

「王子には意外に悪い子の才能もあるんじゃないすか？　先輩として色々教えてあげるっすよ」

「調子に乗るなよイブキ、父上の説教が終わったら僕もお前に説教するからな」

「ひい、なんすかその嫌な二次会。絶対行きたくないっす」

二人はふざけ合いながら小屋の床板を剝がす。するとその下から地下に続く道が現れる。人一人が歩けるほどの道がどこか遠くまでずっと繫《つな》がっている。

それを見たカザハは尋ねる。

「ユーリはんこれは？」

「これは王族用の隠し通路だよ。この道をまっすぐ行けば王城まで行ける」

王都地下にはこのような隠し通路がいくつかある。これらは王族しか使用をゆるされておらず、途中に罠《わな》が仕掛けてあったり王族でないと開かない扉があったりするので、それ以外の者は易々《やすやす》と通れない。本来は王城から逃げる時に使うものだが、今回はその逆、これを使い王城に乗り込むのだ。

「僕のせいで時間を無駄にしてすまない。けどここからは僕も出来る限りのことをする。こんなこと言えた義理じゃないかもしれないが、この国のためにみんなの力をもう少し貸してくれ！」

吹っ切れた彼の言葉にクラスメイトたちは力強く頷《うなず》く。こうして迷いの消えた一行は、王城奪還のため穴の中を進み出すのだった。

第三話 ―◆― 少年と魔族と新たなる魔王

デスティノ時計塔。

王都北東部に存在するその立派な時計塔は、王都の中で王城ヴァイスベルクの次に高い建物だ。

四角い柱の形をしたその建物の上部には遠くからでもよく見える大きな時計がつけられている。時計塔内部には巨大な鐘があり、三時間おきに王都中に大きな鐘の音を響かせており、王都の住民に時の流れを伝える役目を担っている。

そんな時計塔の上に三人の招かれざる客人が立っていた。

「ふふ、いい眺めですね。ヒト種が作ったにしてはいい街です」

王都の街並みを見下ろしながら、今回の一件の黒幕であるウラカンは呟《つぶや》く。

彼の後ろには彼の腹心であるウルスとスパイドが控えている。

「上機嫌ですねボス」

「そりゃ上機嫌にもなるもんだよウルス。愚かなヒト種を駆逐し、魔王になれるだけでなく、王国領土まで手に入る。これだけ肥沃な土地は魔族領には少ない、私の地位は磐石《ばんじゃく》のものとなるだろう」

魔族領の大地は作物が育ちにくい。

その理由は大地に染み込んだ大量の魔力のせいだ。過ぎた魔力は生命に悪影響を及ぼす、魔力中毒と呼ばれるこの症状は動物だけでなく植物にも起きてしまう。

魔力が豊富な土地は魔族にとっては都合の良いものなのだが農作物にとっては悪条件。品種改良により昔よりは作物が取れるようになったが、それでも食料問題に悩まされている地域は多い。

なので王国を手に入れることが出来れば、魔族領での食料問題の解決に大きく一歩近づけるだろう。そうなれば魔族内での彼の地位は更に約束されたものになる。

「今ごろ下は地獄のようになっているだろう。この目で見られないのが残念だよ。私も魔王になれたら存分に楽しむとしよう。確か王国の近くにはブルムとかいう小国もあったはず。手始めにそこを攻め落とすのも良さそうだ」

「その時はぜひ私にも楽しませてくださいよボス。小さな村一つ潰したくらいじゃ全然満足してないのですから」

「ふふ、分かってるさウルス。共に楽しもうじゃないか」

彼らの妄想は既に計画が成功した後のことにまで及んでいた。

それほどまでに計画は進んでおり、絶対に成功するという強い確信が彼らにはあった。

しかしそんな彼らの野望を阻止せんとする者がいた。

「……そこまでです」

「ん？」

突如後ろから声をかけられ振り返るウラカンたち。そこにいたのは見覚えのない三人の男女だった。

美しい少女が一人と整った顔立ちの男性が二人。美男美女が多い魔族だが彼らクラスの者はあまりお目にかかれない。特にブロンドの髪と真っ赤な瞳が印象的なその少女はとても美しく、彼女を見たウラカンは「……ほう」と思わず声が漏れる。

「何の用かなお嬢さん、見たところ同族のようですが名前をお聞きしてもよろしいですか？」

三人の人物には魔族のそれと思われる翼と尻尾がついていた。

しかしウラカンは自分たちの他に魔族が王都にいるという話は全く聞いていなかった。いったい何者なのだろうか。ウラカンは警戒心を悟られぬよう余裕ぶった態度で話す。

そんな彼とは対照的に、三人の男女はウラカンを警戒心たっぷりの目で睨《にら》みつける。そしてそのうちの一人、金髪の美少女の魔族が口を開く。

「……私の名前はアイリス・V・フォンデルセン。吸血鬼です」

そう、彼女はルイシャに仕える吸血鬼アイリスだった。

放課後仲間の吸血鬼と共に、魔族の動向を探っていた彼女はウラカンが王城から出るのを発見し、仲間と共にその後を尾《つ》けて来た。もちろん彼女と一緒にいる二人の男性も吸血鬼だ。

「ほう、吸血鬼とは珍しい……！　今日は本当についている、王都だけでなく吸血鬼まで手に入るとはね」

「手に入る、ですって？」

ウラカンの失礼な物言いにアイリスを含む三人の吸血鬼たちは不快感を露《あら》わにする。

しかしウラカンはそんなこと気にも留めず言葉を続ける。

「ああ済まない、そういえば自己紹介がまだだったね。私はウラカン・ペルフォモンテ、新しい魔王になる者です。どうぞお見知り置きを」

「……狂った人物だとは聞いていましたがここまでとは思いませんでした。魔王様を慕い尊敬する私たちに対するこの上ない侮辱、今すぐその言葉を撤回してください……！」

静かに、しかし確かに怒気を含んだ口調。アイリスだけでなく他の吸血鬼二人も牙を剝《む》き出しにしながらウラカンのことを睨みつけている。

しかし肝心のウラカンはそんなこと全く気にしていない感じだった。

「はは、そう怒るものじゃない。君たちが前王を慕っているのは知っているが、いつまでもいない人物に固執するのは健全とは言えない。もうテスタロッサの時代は、終わったのだから」

「――――殺すっ！」

主《あるじ》を馬鹿にされ、怒りがピークに達した吸血鬼たちは一斉に襲いかかる。

ウラカンは落ち着いた様子で二人の部下に「やれ」と命令すると一歩引く。

「吸血鬼の力、一度味わってみたかった。願ってもない機会だ」

「ひひ、吸血鬼をぶった斬るのは初めてだぜ」

二人の腹心、巨漢の魔族ウルスと曲刀の使い手スパイドは楽しげに笑う。二人とも根っからの戦闘中毒者。降って湧いた戦いの機会に心が躍る。

「そこを……どけッ！」

青い長髪が特徴的な吸血鬼、キアノスが素早く剣を振るう。

吸血鬼は戦闘能力に秀でた種族だ。魔族の中でも身体能力と魔法能力どちらも上位に位置し、更に固有魔法である血液魔法も使える。

しかしそんな彼らでもウラカンの部下にはまるで歯が立たなかった。

「なんだ、この程度か」

キアノス渾身《こんしん》の剣閃《けんせん》は、ウルスの分厚い筋肉に弾《はじ》かれてしまい、逆に彼の剛腕に捕まってしまう。すぐに解こうとするがウルスの手はまるで万力の様に彼の腕を摑《つか》んで離さなかった。

「少し静かにしろ」

ウルスは岩の様に硬い拳を振り上げると、何度も何度もキアノスの顔面にそれをぶつける。すると一瞬の内に彼の整っていた顔はボコボコに腫れ上がり、鼻や口から大量の血が吹き出す。

仲間の吸血鬼が彼を助けに行こうとするが、ウルスの仲間であるスパイドがそれを阻む。

「おい、お前の相手は俺だろうが！」

「ぐっ……！」

その間にもウルスの攻撃は着実にキアノスの体力を削り、最初はなんとか抜け出そうとしていたキアノスだが次第に抵抗する力すら無くなっていってしまう。

ウラカンのもとへ接近していたアイリスだったが、仲間の危機を察知し一旦引き返す。そして隙だらけのウルスの脇腹に回し蹴りを放つ。

「その手を離しなさい！」

アイリス渾身の蹴りが命中し、スパァンッ！　と大きな音が響く……が、なんとウルスは顔色ひとつ変えなかった。それどころか蹴った側のアイリスが足を痛めてしまう。

（くっ、硬すぎる……！）

肉弾戦は不利だと判断したアイリスは魔法「鮮血魔剣《ブラッドソル》」を発動し、血で出来た剣を作ると、それでウルスの太い腕を斬りつける。

「むっ！」

厚い筋肉に阻まれそれほど傷を与えられなかったが、その攻撃でキアノスを摑む腕が緩み、その隙にアイリスはキアノスを救出する。

「大丈夫!?」

「ぐ……申し訳ないがこれ以上戦えそうにない……」

「分かった、後は私がやる……!」

戦闘不能になった彼に代わり、アイリスはウルスの前に立つ。

アイリスの手には己の血で作った長剣が握られている。吸血鬼の血で作られた武器は普通の武器よりも強靭《きょうじん》だ。しかしウルスの肉体はそれよりも硬く、二、三度斬りつけただけで刀身にヒビが入った。

「その程度の攻撃で私を倒そうとは片腹痛い。吸血鬼とはその程度か!?」

鋼の拳がアイリスに襲いかかる。敏捷《びんしょう》なアイリスはその攻撃を躱《かわ》す事こそ出来るが、反撃してもロクなダメージを与えることが出来なかった。体力はあちらの方が上、となれば先に疲れてしまうのはこちら。苦しい戦いを強いられていた。

一方ウラカンのもう一人の部下であるスパイド、彼は短い緑髪が特徴的な吸血鬼フロロースと戦っていた。

フロロースは近接戦闘があまり得意でなく、代わりに魔法攻撃を得意とする。なので肉弾戦を得意とするスパイドとは相性がいいように思えた。

しかしそんな予想とは逆にフロロースは苦戦を強いられていた。

「こいつ……不死身か!? 魔法が全然通じない!!」

フロロースの得意魔法「鮮血飛刃《ブラド・エッジ》」。これは血液を三日月形の刃に変え射出する魔法だ。その威力は木を断ち岩をも切り裂く、しかしスパイドはそれを二本の曲刀でいとも容易《たやす》く両断して見せた。

「ひひひ、こんな魔法で俺に勝てると思ってるのかァ?」

「くっ、これならどうだ! 上位鮮血飛刃《ハイ・ブラドエッジ》!!」

二メートルを超す巨大な刃を射出するフロロース。しかし彼の渾身の魔法もスパイドには通用せず、一刀両断されてしまう。

「いいか坊ちゃん、斬るってのはこうやんだよ!」

恐ろしい速さで接近したスパイドは目にも留まらぬ速さで曲刀を振るう。間一髪血液を固めてガードするフロロースだが、その衝撃を全て受け切ることは出来ず、胴体に大きな傷を負い倒れてしまう。

「フロロースまで……!」

アイリスは一旦ウルスとの戦いから離脱すると倒れるフロロースを抱え一旦離れる。そして先に倒れたキアノスの側《そば》に下ろすと、一人ウラカンたちのもとに向かう。

気丈にも一人で立ち向かおうする彼女の姿を見て、傍観を決め込んでいたウラカンは嗜《し》虐《ぎゃく》的な笑みを浮かべる。

「どうしますか吸血鬼のお嬢さん。まさか一人で私たち三人に勝つつもりじゃありませんよね」

「そうだと言ったらどうしますか？」

まだアイリスの目は死んでいなかった。赤く輝く瞳でウラカンのことを睨みつけ、剣を構える。刺し違えても倒す、そんな気迫が感じられた。

「ふふ……本当にいい女ですね。強く、美しく、そして気丈だ。その美しい顔が絶望に染まる所を想像しただけで達してしまいそうですよ」

舐《な》め回すような目つきでこちらを見てくるウラカンのあまりの気持ち悪さに、アイリスは全身に鳥肌が立つのを感じた。しかしウラカンはその表情を見て更に喜んでしまう。

「その表情も実に素晴らしい。決めました、この一件が片付いたら私の妻の一人として迎えてあげましょう」

「私がそれを受けると思いますか？　馬鹿も休み休み言ってください」

「逆に問いますが断る理由がどこにありますか？　私は魔王になる男、その妃《きさき》になれるのだから光栄でしょう」

「……またそれですか。あなた如《ごと》きが魔王になれるわけないじゃないですか」

「私の話が信じられないのも無理はありません、常人であればいくら望んだところで魔王になれるわけがないのですから。しかし私は……普通じゃない。その証拠を貴女《あなた》には特別に見せてあげましょう」

ウラカンは懐から古ぼけた一冊本を取り出す。

一見するとただの本にしか見えない、装丁はボロボロになっており表紙は何が書いてあったか分からない程に擦り切れている……が、なぜか中の紙は綺麗《きれい》なまま残っていた。

そして最も異質なのは本から放たれる禍々《まがまが》しい魔力。とても一冊の本から放たれるものとは思えないほど大きいものだった。

ウラカンはそれを誇らしげに見せびらかせる。

「これは『魔王の書』。新たな魔王を生み出すことのできる方法が書かれた本です」

新しい魔王の誕生。それは今生きている魔族であれば誰もが一度は考えたことがある、決して叶《かな》わぬ夢。

魔王という称号は遥《はる》か昔、魔族の始祖である『悪魔』がいた時代から受け継がれてきたものだ。強さとカリスマ性を兼ね備えただけでなく、存命の魔王に新しい魔王と認められなければその座を受け継ぐことはできない。

例外として魔王が死んでしまった場合のみ、魔族の中で最も指導者に相応《ふさわ》しい者に魔王紋が現れる。

この『相応しい者』というのがクセモノで、基準がザックリし過ぎているせいで誰が受け継いだのか分かりづらいのだ。

魔王テスタロッサがいなくなった時も魔族たちは魔王紋を新しく受け継いだ魔族がどこかに生まれたと信じ、その存在を探し回った。だが三百年経《た》った今でも新しい魔王を見つけるには至っていない。

しかしそれもそのはず、魔王テスタロッサは今も無限牢獄《ろうごく》の中で生きているのだから新しい魔王が生まれるはずもないのだ。

死ななければ、魔王紋も移らない。ゆえに魔王を継ぐ者は三百年間現れていないのだ。

（私はテスタロッサ様が存命であられることを知っている。魔王が生きている以上魔王紋が移るはずがない！……しかし、あの本をただの眉唾物と断ずるには放つ魔力が強すぎる……）

アイリスですら思わず信じてしまいそうなほど、その本は異質な力を放っていた。

ウラカンはそのすり切れた表紙を愛《いと》おしそうに撫《な》でる。

「この『魔王の書』には、何かしらの理由で魔王紋が完全に消え去ってしまうという異常事態が起きた際、新たな魔王紋を作り出す方法が書かれています。古い時代の魔族たちはこのような事も予期していたようですね」

「あなたの言うことが本当だったとして、なぜその本をあなたみたいな人が持っているのですか。そのような代物をただの伯爵家の息子であるあなたが持っているのはおかしい。

魔王国が直々に管理して然《しか》るべき代物です」

「随分と失礼な物言いだが……未来の妃なのだから許してあげよう。この本を私が持ってる理由は単純、元々我が家はこの本を守り、管理する家だったからさ。しかし数千数万年と時間が経つ内にその役割は忘れ去られていった。私が家の地下に厳重に保管されていたこれを見つけるまではね」

彼はこの本を見つけたのは運命だと思い込んでいるが、その出会いは単なる偶然に過ぎなかった。何かお金になりそうな物はないかと長年使われていなかった地下室を漁《あさ》った結果、本当にたまたまこの本が保管されている隠し部屋を発見したのだ。

「この本によると、新たなる魔王を生み出すのに必要なものは、『将紋《しょうもん》を持った魔族』『魔王の書』そして……『大量の魂』。王都の人口は約四十万人、大量というのが具体的にどれくらいかはわかりませんが、これだけあれば十分だと思いませんか？」

ウラカンは楽しそうな様子で恐ろしい話をする。

それを聞くアイリスの内に怒りと嫌悪の気持ちが激しく沸く。いったいどんな人生を歩めばここまで自分勝手になれるのか。こいつだけはここで食い止めなければいけない。そう強く思った。

「狂っている……！　罪なき人を殺《あや》める異常者に民が従うはずがありません！」

「そんなことないさ、民衆は絶対的な指導者を渇望している。たとえ多少非道な行為をしようと新しい魔王という存在に人は魅了されてしまうだろう」

「知った風な口を、あなたが民の何を知っているというのですか……！　たとえ魔王の力を得たとしても誰があなたについていくものですかっ！」

いつも冷静な彼女には似つかわしくない大きな声をあげて、彼女は走り出す。これ以上話を聞くのも耐えられない、全力を持って叩《たた》き潰す！

「上位鮮血十字槍《ハイ・ブラドロス・スピア》ァ!!」

アイリスの手から放たれたのは、血で作られた巨大な真紅の槍《やり》。その槍は真《ま》っ直《す》ぐウラカンに飛んでいき、彼の胸部に命中する。その衝撃は凄《すさ》まじく、ウラカンは吹き飛びあたりに砂煙が舞う。

ウラカンを吹き飛ばしたアイリスは、次に彼の二人の部下に目を移す。しかし何故《なぜ》か二人はボスがやられたにもかかわらず、ケロッとした様子で立っていた。戦闘の準備すらしないその様子にアイリスは苛立《いらだ》つ。

「ずいぶんと余裕なのですね、自分の主人が心配ではないのですか？」

不審に思ったアイリスがそう尋ねると、ウルスは「はあ」と嘆息する。

「俺がボスの心配だって？　そいつはありえねえな」

「随分と薄情なのですね。所詮その程度の忠誠心ということですか」

「くく、小娘。お前はウチのボスのことをちっとも分かってねえ」

そう言ってウルスは顎をクイ、とウラカンの方に動かしそっちを見るように促す。

アイリスは警戒しながらもそちらを見ると、なんと渾身《こんしん》の魔法が直撃したはずのウラカンが立ち上がりこちらに歩いてきているではないか。その足取りは軽やか、とても大技をくらった後には見えない。

「効いて、ない……!?」

絶句するアイリス。倒すまではいかなくとも痛手くらいは与えられると思っていた。想像以上の実力差にアイリスは絶望感を覚える。

「ふふ、残念ながら君の攻撃が私に届くことはない。なぜなら君と私には埋められない壁があるからね」

そう言ってシャツの前ボタンを外すと、服を開き胸を露出させる。そこにあったのは銀色に光り輝く紋章。書かれている文字の意味は『魔将』だ。

その紋章を見たアイリスは顔を曇らせる。

「将紋、やはり持ってましたか……」

「ふふ、理解できたかな？　君と私の力の差が」

将紋を持つ者と持たない者ではその実力に天と地ほどの差がある。

古くから『将の数で戦争の勝敗が決まり、王がいるかで戦争が起きるかが決まる』とまで言われており、その力は国家間の戦争の勝敗を決めるほどなのだ。

「ちなみにこの将紋はちゃんと実力で得たモノです。その証拠に……ほら」

ウラカンの体から恐ろしい魔力が放たれ、時計塔の屋上をそれで満たしていく。

そのあまりにも強く、冷たく、恐ろしい魔力にアイリスは心が折れてしまう。とても自分が勝てる相手じゃない。そう思ってしまった彼女はその場に両膝をついてしまう。魔力を敏感に感じ取れる彼女だからこそその実力差は痛いほど分かるのだ。

ウラカンはそんな彼女の姿を見てひどく興奮する。

「むふ、むふふふ。人の心が折れる瞬間はいつ見ても気持ちがいいものですね。これはたくさん楽しめそうだ」

アイリスとの今後の日々を妄想する彼の顔はひどくだらしないものだった。しかし絶望したアイリスの目にはそれすら入っていなかった。

「……さて、これ以上抵抗されるのも面倒くさいので拘束させて貰《もら》いますか。ウルス、適当に縛り上げておきなさい。逃げられないように足の一本でも折っておきなさい」

「分かりましたボス」

命令を聞いたウルスは、その巨体を揺らしながらアイリスに近づく。その足取りはゆっくりだがすっかり心が折れてしまったアイリスは彼が近づいてきていることにすら気がついていなかった。

それに気づいたのはもう数歩のところまで近づいて来てのところ。気づいたアイリスは急いで距離を取ろうとするがもう遅い。既にアイリスはウルスの射程圏内だ。

「痛いのは一瞬だ、我慢しな」

そう言ってウルスの手がアイリスに伸ばされる。

もはやこれまで、そう思われた次の瞬間、一陣の風が吹き渡り、それと共に現れた何者かがウルスの太い腕を斬り裂く。

「……いっ!?」

痛みに呻《うめ》きウルスは斬られた腕を押さえながら後退する。

突然現れたその人物はアイリスを守るように彼女の前に立つ。アイリスの記憶ではこんなことをしてくれる人は一人しかいない。地面に伏せていた視線をゆっくりとあげ、その人物の名を口にする。

「ルイシャ……様……？」

口をついて出たのは思いを寄せる人の名前。しかしその人物は彼女の予想とは異なった。

「残念だったわね……ルイじゃなくて!!」

そう言ってアイリスの前に立つのは、ルイシャではなく勇者の子孫のシャルロッテ・ユーデリアだった。

輝剣『フラウ＝ソラウス』をしっかりと両手で握り、桃色の刀身をウラカンたちに向ける。マントを風に靡《なび》かせながら敵を睨《にら》みつけるその姿は可憐《かれん》ながらも勇者としての風格の片鱗《へんりん》を感じさせるものだった。

「あなたは……？」

「私はシャルロッテ・ユーデリア。何をしようとしているかは知らないけど、どうせロクでもないことなんでしょ？　止めさせてもらうわ」

シャロの返答に、ウラカンは納得したように手を叩く。

「ユーデリア、その名は……なるほど。貴女があの勇者の子孫でしたか。勇者の血を色濃く受け継ぐ者が生まれたのは私も風の噂《うわさ》で聞いていましたが、貴女みたいな可愛《かわい》らしいお嬢さんだったとは知りませんでしたよ」

「あら口が上手《うま》いのね。ただ私は可愛いだけじゃなくて強いのよ。痛い目見る前に王都から出ていきなさい」

強気な態度で出ていけというシャロ。しかし彼女も相手の力量がわからないほど馬鹿ではない。

彼らから放たれる巨大な魔力を感じながらも、アイリスを庇《かば》うため彼女は臆さず立ち向かう。

「さすがは勇者の子孫、我々を前にしても一歩も引かぬとはたいした勇気。それに……ふむ、醜悪なヒト種にしては顔も悪くない。本当なら勇者の子孫など見せしめに公開処刑するところだが、私に完全服従を誓うのであれば妾《めかけ》くらいにはして差し上げてもいいですよ」

「あんたそれ本気で言ってるの？　あんたみたいな気色悪い男こっちから願い下げよ。もっと男を磨いて出直して来なさい。ま、もっとも私には既に心に決めた人がいるから絶対に靡かないけどね」

ズバズバとウラカンに言い放つシャロ。すると今まで温厚な仮面を被《かぶ》っていたウラカンも流石《さすが》に頭に来たようで瞼《まぶた》をピクピクと動かす。辛うじて抑えてはいるが相当にムカついているようだ。

「ヒト種風情が、こちらが下手に出れば調子に乗って……！　仕方ない、恩情をかけようと思いましたがやめましょう。貴女《あなた》は魔族の前で公開処刑し私の支持率を上げる道具にしましょう。たっぷり部下のおもちゃとして使った後に……ね」

ずい、とウラカンの部下二人がシャロの前に出てくる。二人とも殺《や》る気まんまんといった感じだ。しかしこの状況においてもシャロの目から勇気の炎は消えていなかった。

「あいつらが何をしようとしてんのかはよく分かんないけど、私がとっとと倒すからあんたはそこの怪我人《けがにん》を連れて逃げなさい」

身を挺《てい》してアイリスたちを守ろうとするシャロ。アイリスはシャロがその様な行動を取る意味が理解できなかった。

「なぜ……私を助けるのですか？　別に貴女と私は仲間でも友人でもありません。それどころかむしろ貴女からしたら私は邪魔な存在のはずです」

二人の仲はお世辞にも良いとは言えない。

ルイシャとよく一緒にいる二人は顔こそよく合わせるが、二人だけで話すことなどまずない。

突然現れルイシャにベタベタしているアイリスにシャロは戸惑っているし、アイリスは崇拝する魔王を封印した勇者の子孫であるシャロをよく思っていない。

もし自分が逆の立場だったら彼女を助けるだろうか、とアイリスは考える。頭では彼女は悪くないと分かってはいるが、どうしても勇者の血を引く彼女に忌避感を抱いてしまっていた。

なんて未熟、なんて身勝手。自分で自分が嫌になるが、それでも態度を変えることはできなかった。そのせいで彼女にはかなりキツい態度で接してしまっていた。それなのに今彼女は身を挺して自分を守ってくれている、それが理解出来なかった。

シャロはアイリスの疑問を聞くと、少しだけそちらを見て口を開く。

「……確かにあんたと私の仲は良くないわね。いや、悪いと言った方がいいかもしれないわ」

「でしたらなぜ……」

アイリスの疑問に、シャロはどこか懐かしむように答える。

「『人が困っていたら助けるのは当然』……前にあるお人好《ひとよ》しに言われた言葉よ。確かにあんたと私の仲は良くない、けどそんなの私からしたらどうだっていいの。私が戦うことで救える命があるなら、私は戦うことに迷いはない。それがたとえ気に食わないやつだとしてもね」

それは嘘《うそ》偽りない彼女の本心だった。勇者の末裔《まつえい》だからとか、力を持つ者としての責任だとか関係ない。

人としての当たり前を当たり前に全うするため、彼女は今日も全力で戦う。

「いくわよ――――っ！」

足に力を溜《た》め、一気に駆け出す。対する二人の魔族は余裕の表情を浮かべながら迎撃の姿勢を取る。

「ダメ……っ！」

あまりにも無謀な行為に出るシャロに、アイリスは手を伸ばし掠《かす》れた声で呼び止める。

相手は一流の戦闘技術を持った魔族、二対一で勝てるはずがない。

しかしその声はシャロには届かなかった。

「ククク、小娘一人など造作もない。簡単に死んでくれるなよ！」

スパイドは向かってくるシャロを見て笑うと、長い腕を生かして曲大剣を振るう。柔軟性の高い彼の腕から放たれる剣閃《けんせん》は、まるで獲物に襲いかかる蛇のように素早く、正確で、軌道が読めない。しかしシャロはその一撃をスレスレまで引きつけて横に回避する。

そして走る勢いそのままに、スパイドの腹部めがけて渾身の蹴りを放つ！

「気功術、攻式三ノ型『不知火《しらぬい》』!!」

炎を纏《まと》った高速の蹴り。それをまともに食らったスパイドは、まるで内臓が焼かれたかのような痛みを覚え体をくの字に曲げ、地面に膝をつく。

「ぐう、おぉ……っ！」

痛みに呻くスパイド、そんな彼を見てウルスは不機嫌そうな顔をする。

「あの程度の蹴りで情けないやつだ。奴《やつ》は私が貰うぞ」

今度は巨漢の魔族、ウルスが背後から接近し大きな拳を放つ。

死角からの攻撃。避ける術《すべ》はないように思えたが、シャロは後ろを向かずに後方宙返りをしてその攻撃を避けた。まるで背中に目でもあるかのような動きにウルスは驚く。

「そんな乱暴な攻撃じゃ私を捉えることは出来ないわ、もっと女の子の扱いを学ぶことね！」

ウルスの背中に回り込んだシャロは剣を抜き放ち、彼の背中を斬りつける。

その斬撃は岩の如《ごと》く鍛え上げられたウルスの背筋を斬り裂き、辺りに鮮血を撒《ま》き散らす。

「づっ――――っ！」

思わぬ反撃にウルスは驚き、一旦距離を取る。そして魔力で傷口を塞ごうとするが、シャロに斬られた傷は思ったよりも深く、なかなか治らなかった。

「どうしたの、かかってきなさい！　女の子に手を上げるクズ男は一人残らず相手してあげる！」

挑発する彼女の言葉に、二人の魔族は怒りに顔を歪《ゆが》める。

ウルスとスパイド。ウラカンの腹心である二人は将紋《しょうもん》こそ持っていないが、その戦闘力は魔族の中でも上位に位置する実力者だ。

恵まれた肉体を持つウルスは、肉体強化魔法を使うことで更にその強さを底上げし鋼の如き肉体を手にしている。

恵まれた剣の才能を持ったスパイドは、速度強化魔法により常人の目では到底追いきれない剣速を発揮し、敵を一方的に切り刻むことを得意としている。

そんな優れた戦士である二人が、たった一人の少女に苦戦を強いられていた。

「調子に……乗るなァ！」

二本の曲大剣を振りながらスパイドが突っ込む。

シャロは左手に魔力を込めると、薄桃色をした半透明の盾を展開し、それでスパイドの剣を受け流し、捌《さば》いた。

その盾は左手首に装着した腕輪型の魔道具の力で生み出されている。魔力を流すと高硬度の円形の盾が左腕に装着される。

この腕輪はルイシャが盗賊団の盗品から以前見つけたもの。つまり元々は勇者オーガの使っていた魔道具ということになる。

オーガが使っていたのだからその性能は当然高い。しかしその代わりこの魔道具は勇者の一族でなければ発動させることが出来なかった。

ルイシャからこの腕輪を託されたシャロは、最初こそまともに使うことが出来なかったのだが、特訓の末、遂《つい》に使いこなすことができるようになったのだ。

「くそがァ！　なんでこんな小娘に俺の剣が当たらねェ!?」

「……あんたの剣には邪心が多すぎるわ、そんな力任せの攻撃、目をつぶっていたって避けられるわ！」

シャロは迫りくるスパイドの斬撃を全て捌くと、右手に魔力を集中させ、得意魔法『桜花飛刃《チェル・エッジ》』を放つ。その一撃はスパイドの腹部を深く斬り裂き大量の血を地面に流させ、それに耐えきれなくなったスパイドは顔を青くしその場に沈む。

「てめえよくも！」

仲間をやられ、激昂《げきこう》したウルスが音速の拳を振るうもシャロはそれを難なく躱《かわ》す。ルイシャと日々組手に励んでいる彼女にとって、彼の大振りの攻撃は障害になり得なかった。

攻撃を避けながらシャロはウルスの体を何度も剣で斬りつける。しかしウルスの体は先ほどよりもずっと硬くなっていた。そのせいでシャロの攻撃は彼の肉体の表面、皮を斬ることしか出来なかった。

「肉体を限界まで硬化させた、今度は簡単には斬らせんぞ」

「ふん、硬いのは表面だけでしょ？　だったら中はどうかしら？」

シャロはニヤリと笑うと、右腕を脱力させだらんと垂らし、ウルスの懐へ潜り込む。

当然ウルスはそれを阻止しようと腕を振り回すが、完全に動きを見きっているシャロにそれが当たることはなかった。

「気功術、攻式二ノ型……『水震頸《すいしんけい》』っ!!」

シャロはだらんと垂らした腕をまるでムチのように振るい、ウルスの胸部へ叩《たた》きつける。

瞬間、『スパァンッ!!』と破裂音が辺りに響き渡る。するとウルスの胸部に円形に波紋が広がる。

「ぬ……っ！」

攻撃をモロに食らったウルスだが、気合で何とか持ち堪《こた》える。

思ったよりも痛くないな所詮女か……と油断した瞬間、彼の内部で爆弾が弾《はじ》けたかの様な痛みに襲われ、口から血を吹き出し白目を剝《む》き倒れる。

シャロの使った技『水振頸』は、相手の体内に衝撃を打ち込む柔の技。鎧《よろい》を着た相手や体の表面のみを硬くしている相手には有効な技と言えよう。

シャロはウルスが戦闘不能になったのを確認すると、ボスのウラカンの方を向き、剣先を向ける。

「さて……最後はあんたの番ね」

正に圧倒。

自分より大きい相手にも臆することなく、正面から悪を打つ彼女の姿は正に『勇者』と呼ぶに相応《ふさわ》しいものだった。その想像以上の強さにアイリスも息を呑《の》む。

「つ、強い……！」

アイリスは以前シャロとルイシャが入学試験で戦っているのを見ており、シャロのだいたいの強さを把握していたはずだった。

しかし彼女はその時より大幅に強くなっていた。まだ数ヶ月しか経っていないのになぜ？　アイリスは強く疑問を抱く。

そしてもう一つ、彼女には気になったことがあった。

「その、戦い方は……」

「気づいた？　そ、この戦い方はルイを参考にした戦法よ」

剣術、魔法、気功術など様々な技術を場面に応じて使い分け、あらゆる状況に対応し最適な行動を取る全局面的戦闘術。それがルイシャの使う戦法だ。

対してシャロは、その恵まれた才能から繰り出される剣術と魔法でゴリ押す戦法を得意としていた。しかしルイシャに敗れてから彼女は自分の戦法を見直したのだ。

ゴリ押すのではなく、キチンと一から技術を洗い直し丁寧な攻撃を心がけた。気功術という今まで触れてこなかった戦法も貪欲に取り入れた。

勇者の末裔として相応しくなるために。そして何より愛する人に少しでも追いつけるように。

「あいつに近づくためなら何だってしてやるって決めたの。あいつの背中を追うんじゃなくて横に立って一緒に戦いたいって思ったから」

その言葉を聞いたアイリスは頭をガツンと殴られたような衝撃を覚えた。

自分は今までそんな風に考えたことがなかった。ルイシャを支え、その後ろをついていけば全てがうまくいくと思っていた。

しかし目の前の少女はそんな自分の考えの遥《はる》か先を行っていた。

「これでは……敵《かな》わないはずですね」

甘えていた。

アイリスは自分でも気づかない内にルイシャに甘え逃げていたのだ。しかしシャロは逃げずにルイシャと同じ道を進もうとしていた。

そんな彼女の強さの前に二人の魔族は散った。しかし彼らのボスのウラカンはこの状況においても笑みを崩さなかった。それどころかパチパチと手を叩きシャロのことを称賛する。

「ふふふ、実にお見事。まさか自慢の部下が二人共やられてしまうとはね」

彼のその余裕さをシャロは不気味に感じた。まだどこかに部下が隠れているのか。辺りを警戒しながらウラカンの言葉に応じる。

「ずいぶん余裕なのね。次はあんたの番だってのに」

「私が戦ってもいいのですが……まだ部下が戦えるようなので遠慮しておきましょう」

ウラカンのその言葉に応えるようにウルスとスパイドはゆっくりと立ち上がる。しかし見るからにダメージは甚大、無理して立ち上がっている様にしか見えない。

シャロにはとても彼らが戦闘を続行できる状態には見えなかった。

「アレを使うことを許可する。存分に暴れたまえ」

ウラカンがそう言うと、二人は懐から小さな丸い何かを取り出す。よく見ると植物の種のような形をしているそれは赤く、そして心臓のように脈動していた。

ウルスとスパイドは少し躊躇《ちゅうちょ》しながらもその種を一息に飲み込む。

「小腹が空《す》いた……ってわけじゃなさそうね」

このタイミングで何かを飲むという行動、普通に考えれば体力を回復する何かと考えるのが妥当だ。しかしシャロは二人が飲んだ謎の種から、禍々《まがまが》しいナニカを感じた。それがただの回復アイテムだとは思えない。

警戒し様子を窺《うかが》うシャロ。

するとそれを飲んだ効果はすぐに現れ始める。

「「う、うがァッッ!!」」

ウルスとスパイドは同じタイミングで呻《うめ》きだし、苦悶《くもん》の表情を浮かべる。

皮膚の下を生き物が這《は》い回っているかのようにボコボコと膨れ上がる。やがて彼らの全身にその症状は現れ身体《からだ》が肥大化していく。

「どうなってんの……!?」

そのおぞましい光景にシャロは絶句する。体がひしゃげ、直り、曲がり、戻り、砕け、再生する。その過程で彼らの体は変質し、やがて変化が収まるとそこには元の体とは明らかに違う姿となった二人がいた。

「はあ……はあ……いい……気持ちだ……」

黒い皮膚に変質したウルスは、恍惚《こうこつ》とした表情を浮かべる。

筋骨隆々とした身体は更に大きさを増し、大型魔獣と見紛《みまご》うサイズにまでなっていた。

反対にスパイドの体は真っ白に変質していた。だらりと下がった腕は変化前よりも伸び、魔族という枠組みから外れているように感じられる。

腹にあった傷もすっかり塞がっていて元から怪我《けが》などしていなかったようだ。

彼らの変化を見たウラカンは満足そうな笑みを浮かべる。

「ふふ、凄《すご》い効果だね。創世教のやつらも面白いものを持っている。さ、頼むよ二人とも。次はしくじらないでくれよ」

ウラカンの声に従い、異形の怪物と成り果てた二人がシャロの前に立ちはだかる。

「……随分男前になったじゃない。そっちの方がモテるんじゃないの？」

皮肉を言うシャロだが、肝心の二人の魔族の耳には入っていないようだ。手に入れた力に酔った様子の二人はすっかり化け物になった顔をシャロに向けると、その凶悪な力を行使する。

「潰すッ！」

先程までとは比べ物にならない速度でウルスは肥大化した腕を振るう。

何とか反応したシャロは盾を展開して防御するが、想像以上の威力を秘めたその一撃を受け止めきることが出来ず、吹き飛ばされてしまう。

「きゃっ！」

吹っ飛ばされながらも空中で姿勢を立て直し、なんとか地面に着地する。

そんな彼女に今度はスパイドが襲い来る。

「斬り……刻むッ!!」

謎のパワーアップを遂げたスパイドの腕はまるで鞭《むち》のようにしなり、剣の軌道が読みづらくなっていた。

鞭の様になることでその剣の威力は大幅に向上していた。盾で受け流そうにもガードごと腕を壊されてしまいそうになる。

シャロは相手の動きを先読みし、回避することで何とか戦えてはいたが、反撃する余裕などとてもなく。徐々に追い詰められていく。

「はぁ……はぁ……」

数分でシャロの息は上がり、身体には生傷が目立ち始める。

しかし彼女の目は死んでいなかった。危機的状況であろうと敵をまっすぐに見つめ、反逆の意志を崩さなかった。

それを見たウラカンは感心する。

「勇者の子孫、か。たいしたものだ。あと数年もすれば大きな障害になっただろうが……ここで私に会ったのが運の尽き。やれ」

ウラカンがそう命じると、ウルスは足に力を入れ地面が陥没するほどの強さで跳躍し、一気にシャロへ距離を詰める。そして巨岩の如《ごと》く硬く大きい拳を振りかぶる。

当然シャロはそれを躱そうとする……が、スパイドに斬られた傷がズキリと痛み、反応が遅れてしまう。

（しまっ……！）

真剣勝負において一瞬の隙は命取りとなる。シャロが傷に意識を取られている間に、ウルスの拳は回避不可能なほどに接近していた。

もはやこれまで。この状況から脱する手札は彼女に残っていなかった。

「ルイ、後は――」

お願い。

そう口にしようとした刹那、思わぬことが起きる。

「鮮血護盾《ブラド・シルド》!!」

シャロの目の前に突然現れたのは真っ赤な盾。ウルスの拳はガキィン！　と甲高い音を響かせそれと激突する。常識外れの威力を持つそのパンチを正面から受けたその盾は、すぐにヒビが入り砕け始めるが、数秒のあいだ攻撃を止めることに成功する。

その数秒があれば、救うことが出来る。

「捕まってください!!」

なんとあのアイリスが大声を上げ、シャロを助けに来た。

ルイシャ以外に興味を持たず、むしろシャロには敵意を向け一切歩み寄ろうとしなかったあのアイリスが、危険を冒してシャロを助けに来たのだ。

アイリスはシャロを抱きかかえると、敵から少し離れた位置に移動し、シャロを離す。

助けてもらったシャロは困惑しながらも礼を言う。

「あ、ありがと」

「いえ……お礼を言うのはこちらの方です。つまらない意地を張り、貴女《あなた》には迷惑をかけました。今更こんなこと言うのは虫のいい話ですが………どうか一緒に戦ってくれないでしょうか。えと……シャ、シャロ」

歯切れの悪い感じで自分の名前を呼ぶアイリスを見て、思わず『ぷっ』とシャロは吹き出してしまう。この時シャロは目の前の少女と本当に触れ合えた気がした。

「な、なにがおかしいのですか」

「ごめんごめん、あんた……いや、アイリスにも可愛《かわい》いところがあるんだなって思っただけよ」

「し、失礼な！　やっぱり貴女は苦手です」

「何よ、もう名前を呼んでくれないの？　ほらもう一回呼んでみなさいよ」

まるで仲の良い友達みたいに話しながら、二人は並び立つ。今度は一緒に戦うと決めて。

「雑魚が手を組んだ所で、変わりゃしねぇよッ！」

そう叫びながらスパイドは曲大剣を振り上げ、シャロとアイリスに襲いかかる。

彼からは思わず目を背けたくなるほどの恐ろしい殺気を感じる。しかし二人は目を逸《そ》らさずに戦う構えをとる。怖くないと言ったら嘘《うそ》になる、しかしここで逃げるわけにはいかない。それに今は一人じゃない、それだけで勇気はどんどん湧いてくる。

「アイリス！　私が攻撃を止める、その隙に！」

左腕に盾を展開したシャロがスパイドの剣を受け止める。

上段から振り下ろされたその重い一撃はシャロの盾にヒビを入れ、それを受け止めたシャロの身体にも物凄い負荷を与える。

衝撃をモロに食らった左腕と足は悲鳴を上げ、メキキ……と骨を軋《きし》ませるがシャロは歯を食いしばり、見事耐え切って見せた。

「小娘ごときが俺の攻撃を……!?」

会心の一撃を真っ向から受け止められたことにショックを受けるスパイド。

その動揺で生まれた隙を見逃さず、アイリスは詰め寄る。そして彼女は懐から何かを取り出し右手に握る。

形容するならサーベルの持ち手のような物。金色に輝くそれには真紅の宝石が埋め込まれており、一目で高価な物だということが見て取れる。

「今こそこれを使う時……目覚めよ！　クリムゾンⅫ《トゥエルブ》！」

アイリスがそれを強く握ると、その持ち手から真紅の刀身が出現する。刃渡りは九十センチ程度、鮮血の如き紅《あか》さの刀身からは、強い魔力が放たれていた。

アイリスは跳躍しスパイドに接近するとその剣『クリムゾンⅫ』を上段に構え、一気に振り下ろす！

「紅色に染まる月！」

弧を描き振り下ろされる赤き剣。すると三日月形の赤い刃が剣から放たれ、ウルスの体を深々と切り裂く。

「ぐおおおッッ!!」

苦悶の声を上げながら、彼はアイリスから距離を取る。彼の強化された肉体は、傷をすぐに塞ぎ出血を止めるがその痛みまでは消しきれない。痛みに顔を歪《ゆが》めながらアイリスを睨《にら》みつける。

「よし、いくら硬くてもこの技なら通りそうですね」

無事大技を成功させ着地するアイリス。そんな彼女のもとにシャロが近づく。

「ちょっとアイリス、あんたそんな武器持ってたの？　そんなのがあるならさっさと出しなさいよ」

「この武器は吸血鬼の一族に代々受け継がれる秘宝、強力な力を持ってはいますが代償もあります。この赤い刀身は私の血を元にして作られています、当然使用中は絶えず血液を消費し続けます」

「つまり時間制限がある、ってことね」

「その通りです、もって数分。逃走する可能性も考え温存してましたが貴女が来てくれたおかげで光明が見えました。二人で戦えば勝てるはず……！」

「そうね、私たちだけで倒してルイに自慢しましょ」

二人は横に並び剣を同時に構える。その様はまるで長年連れ添った相棒のようだった。

一方本当に長年共に活動しているウルスとスパイドのコンビは、すっかりシャロたちを警戒している様子だった。自分から近づこうとせず、こちらの出方を窺っている。

それを見たウラカンは、ガッカリした様子で「はあ」とため息を漏らす。

「いい加減にしてください二人とも。小娘二人相手にいつまでも手こずって……。まだかかるようでしたら『お仕置き』しますよ?」

そう冷たく言い放つと二人の部下の背中にゾワッと鳥肌が立つ。

自分たちのボスが無能な部下にどんな仕打ちをしているのか、二人はよく知っている。あんな仕打ちを受けるくらいなら死んだ方がマシ。そう思った二人は覚悟を決め、半ばヤケになってシャロたちに襲いかかる。

「来たわよ！　足引っ張んないでよね！」

「それはこっちのセリフです！」

謎の種の力でパワーアップしたウルスたちの戦闘能力は、シャロとアイリスよりも高い。しかし不思議なことに二人はウルスたちの攻撃に対応できていた。

その理由はチームワークにある。お互いの足りないところを補い合うように戦うシャロとアイリスとは対照的に、ウルスとスパイドは自分が手柄を取ることを優先し全然連携が取れていなかった。これでは実力を十分に発揮することなどできない。むしろ味方が邪魔になることで一人で戦う時より実力が出せていなかった。

「この調子なら……！」

戦いが優勢になり始め、シャロは希望を見出《みいだ》す。

頭が冴《さ》え渡り、敵の動きが手にとるように分かる。命を賭けた戦いの中で彼女は急速に成長していた。

「これで……トドメ！」

敵の攻撃を掻《か》い潜《くぐ》った彼女が必殺の一撃を振るおうとしたその瞬間、異変が起こる。

「――――っ！」

突然シャロの右足を襲う鋭い痛み。急いで足を確認してみると、なんと太ももに大きな切り傷が出来ていた。何か鋭い刃物で斬られたような傷跡。その傷は深く、赤い血がドクドクと流れ落ちていた。

ウルスから目を離していないしスパイドはアイリスが相手をしている。だとするとこの攻撃をして来た人物はただ一人。

「あいつ……っ！」

痛みに顔を歪めながら、シャロは遠くで戦いを傍観しているウラカンを睨みつける。彼は自分を睨みつけてくる彼女の姿を見て満足そうに笑みを浮かべる。

そして彼が右手をシャロに向けて振ると、今度は彼女の右肩がスパッと切れ、再び彼女は痛みに呻《うめ》く。どのような攻撃をしているかは不明だが、やはり足の傷はウラカンがやったことのようだ。

「あんた、よそ見してる暇があんのか？」

「おい、ふざけんじゃな――――」

ウラカンに気を取られているせいでシャロはウルスに隙を晒《さら》してしまった。

彼はそのチャンスを見逃さず、シャロを右の拳で思い切り殴りつける。咄嗟《とっさ》に盾を展開するシャロだが、その衝撃をまともに食らい吹き飛んでしまう。

「シャロ！　今行きます！」

助けに入ろうとするアイリス。しかしスパイドがそれを遮る。

「てめぇの相手は俺だ。浮気しないでくれよ」

「そこを退《ど》きなさいっ！」

必死に剣を振り回すアイリスだがスパイドはそれを己の剣で難なく受け止める。平静を欠いた攻撃では彼を突破することは難しい。

そうこうしている間にウルスは拳に魔力を凝縮し、一つの技の準備を完了させる。

その名も「魔雷拳《トニトルス》」。限界まで凝縮された魔力を雷に変換し、それを拳に纏《まと》わせて殴りつけるシンプルな技だ。

しかしシンプルゆえにそれを防ぐのは難しい。

「これで——死ねッ！」

現在ウルスの出せる最高威力の技が襲いかかる。

受け止めるのは不可能。足の怪我《けが》のせいで逃げることも敵《かな》わない。

ここで終わっちゃうのかな。諦めが心を支配していく中で、彼女はあることに気づく。

大きな魔力が一つ、自分のもとへ近づいて来ている。最初は魔族の仲間かと思ったけど違う。この温かくて力強い魔力、間違いない。

それは自分が最も信頼していて……そして愛している者のそれだった。

「ばーか、遅すぎんのよ」

ウルスの拳がシャロの目前まで迫る。しかし彼女にもう恐怖の心はなかった。ウルスの放った致命の一撃はシャロのすぐ側《そば》まで接近するが、命中する直前でピタリと止まる。

それを手のひらで止めたのは二人の間に割り込んだ少年、ルイシャその人だった。

「ごめん、遅くなっちゃったみたいだね。でもギリギリセーフ……でしょ？」

そう言って笑うルイシャ。そんな彼の姿を見て二人の少女は心が強く安堵《あんど》していくのを感じるのだった。

第四話 ―◆― 少年と偽りの王とそれぞれの王都防衛戦

「誰だァてめえは？　俺の楽しみを邪魔しやがって……」

攻撃の邪魔をされ苛立《いらだ》っている様子のウルス。彼は今までよりも強く魔力を拳に纏わせ始める。

突然現れた謎の少年、見た目はただのヒト族だがそれで油断するほどウルスも馬鹿じゃない。確実に一撃で仕留められるよう、フルパワーで攻撃を放つ。

「消え散りな小僧ッ、魔雷拳!!」

バチバチバチッ！　と激しく鳴り響く黒雷がウルスの拳に纏わりつく。そしてそれを思い切り振りかぶりルイシャめがけてハンマーのように振り下ろす。

当たれば絶命必死の大技。しかしルイシャはそれを避けず、腕をクロスさせて正面から受け止めて見せた。鳴り響く爆音、砕け散る地面。しかしその中心にいるルイシャがダメージを受けている様子はない。むしろ技を撃ったウルスの方が驚き愕然《がくぜん》としていた。

「なんで生きてる……っ!?」

「こんな見てくれだけの技じゃ僕は倒せませんよ」

「あ、ありえない！　こんなの何かの間違いだ！」

怒りに身を任せ、ウルスは何度も何度も拳を打ち込むが、ルイシャはそれを苦も無く回避して見せた。そして「ふっ」と短く息を吐くと、力強く大地を蹴飛ばし一瞬で距離を詰める。そして右手に魔力を溜《た》めると、拳を固めウルスの脇腹目掛け放つ。

「せいっ！」

ルイシャの拳が命中すると、バチィィィッ！　と雷が落ちたかのような音が辺りに鳴り響き、そして次の瞬間ウルスはその場に膝をつく。

「が……っ！」

意識こそ失わなかったが、そのあまりの衝撃にウルスの目は血走り、口からはヨダレがだらだら流れ落ちていた。

まるで全身の毛穴に針を刺し込まれたかのような痛み。歯を食いしばり、必死に意識を保ちながらウルスはルイシャに問う。

「き、貴様ァ……！　いったい、何をした……!?」

「あなたの技を真似《まね》して改良しました。ただ雷を纏わせるのではなく、命中《インパクト》と同時に相手の体内に雷を打ち込む。そうすれば同じ魔力量でも威力が上がります」

実演しながら改良した魔雷拳を説明するルイシャ。ウルスから見ても改良後のその技は明らかに元の技より使いやすく、そして高威力になっていた。

完成している技を改良するという行為は簡単なことではない。それをいとも容易《たやす》く行う少年を見て、ウルスは戦慄する。

「貴様、本当にヒト種か!?　いったいどのような人生を歩めばそれほど深い魔法への理解を……」

「僕は正真正銘のヒト族ですよ。あなたが馬鹿にする、ね」

「ぐうぅ……！　ありえない、ありえないっ！」

目の前の事実を認められず、ウルスは慟哭《どうこく》する。

そんな彼に向かってルイシャは歩を進める。するとウルスは観念したように両手をあげる。

「よ、よせ。分かった！　もうヒトしゅ……いや、ヒト族に手は出さない。王都から撤退して魔族領から二度と出ない。だからもう勘弁してくれ！」

祈るように手を組み、懇願するように目尻を下げる。なりふり構わず命乞いをする彼を見て、ルイシャはこれ以上攻撃するのはやめよう。と、今までなら思っていただろう。

しかし今の彼には竜族のみが持つ特殊な瞳、『竜眼』がある。

この眼《め》は気の流れを読み取るだけでなく、相手の本質、つまり魂を見ることが出来る。善き者であれば白く、悪《あ》しき者であれば黒く見えるのだ。

この眼でウルスを見たところ、彼の魂は真っ黒に染まっていた。命乞いをしている時もそれは一切変わっていなかった、それは彼がこれっぽっちも反省していないことを表している。

「申し訳ありませんがあなたを逃すわけにはいきません」

「クソ、そうかい。なら……死ねやァ！」

反省した態度から一転。攻撃に転じるウルスだが、その動きすらも竜眼で見切っていたルイシャは難なくその一撃を避けると、竜王剣を右手に出しウルスの体を袈裟《けさ》斬りにする。

「あが……が……」

大量の血を吹き出しながら、ウルスは自分の血の海に横たわる。流石《さすが》の彼もこれだけ血を流せば戦闘の続行は不可能。

「てん、めぇ……！」

地面に転がる仲間を見て、もう一人の部下スパイドは怒りに満ちた眼差《まなざ》しをルイシャに向ける。

二本の曲大剣を強く握りしめたスパイドは、仲間の仇《かたき》を討つため全力で駆け出し、その剣を振るう。

「死ねや！　魔嵐剣《テンペスト》ォ！」

鞭《むち》のようにしなる腕を器用に振り回し、嵐の如《ごと》き速さと物量の剣閃《けんせん》をルイシャに浴びせる。いくら動体視力に自信があっても不規則に動き回るその剣筋を見極めるのは不可能に近いが、それは常人であればの話。

竜の瞳を手に入れたルイシャにとってその嵐は通り雨程度の障害にしかならなかった。

「クソッ!! 当たれ当たれ当たれッ!!」

最高速度で剣を振り回すスパイド。しかしいくら速く振ろうともフェイントを混ぜようともその攻撃はルイシャの服を斬る事すら敵わなかった。

完全に彼の太刀筋を見切ったルイシャは、彼の剣閃の隙間を縫うようにして接近すると、スパイドの腹部に神速の蹴りを打ち込む。

「か……っ!」

内臓を潰されたかのような痛みに、スパイドは呻き声を上げながら体をくの字に曲げる。必然的にその頭部は下がりルイシャの目の前まで降りてくる。ちょうどいい位置まで降りてきたその頭を今度は上から思い切り殴りつける。

「攻式一ノ型『隕鉄拳《いんてつけん》』!」

ルイシャの鋼の拳がスパイドの後頭部に炸裂《さくれつ》し、彼の頭は物凄《ものすご》い音と煙を上げながら地面にめり込んでしまう。当然そのあまりの衝撃に彼の脳は甚大なダメージを受け、その場で意識を失い、ぐったりと倒れ込んでしまう。

鮮やかに二人の魔族を倒してのけたルイシャ。それを見たシャロは「す、すごい……!」と声を漏らす。彼が強いことはもちろん知っていた彼女だったが、ここまで本気で戦うところはそうは見られない。今から一ヶ月ほど前、剣将のコジロウと戦った時以来だが、明らかにその時よりも強くなっていた。

「さて、後はあなただけですね」

ウルスとスパイドが戦闘不能なのを竜眼で確認したルイシャは、彼らのボスであるウラカンに視線を移す。二人の魔族がやられたことで戦力差は覆りルイシャたちが優勢になったのだが、ウラカンはこの状況でも余裕の笑みを崩さなかった。

それどころかルイシャに向かってパチパチと手を叩《たた》いた彼はルイシャを称賛する。

「ふふ、素晴らしい。よくぞ劣等種の身でありながらそこまで鍛えたものです。私の名前はウラカン・ペルフォモンテ。次の魔王になる者です、あなたは？」

「僕の名前はルイシャ＝バーディと言います。ウラカンさん、魔王になる……と言ってましたがそれはどういうことですか？」

「ふふ、気になりますか。気になりますよねえ。では特別に教えて差し上げましょう」

待ってましたとばかりにウラカンは自分の作戦、魔王になる方法をルイシャに楽しげに伝える。それを聞いたルイシャは驚き……そしてある覚悟を決める。

「――――という事です。理解できましたか？」

「ええ……よく分かりましたよ。あなただけは絶対に倒さなくちゃいけないということが」

そう言い放ったルイシャは拳を構え、ウラカンを敵意のこもった眼差しで睨《にら》みつける。

「おや、どうやら嫌われてしまいましたね。せっかく私の部下にでもしてあげようかと思いましたのに。ヒト種には破格の待遇で雇ってあげますよ?」

「……虫唾《むしず》の走る提案をどうも。悪いですがあなたの面白くない冗談に付き合う気はありません」

軽口を叩くウラカンに対し、ルイシャはそう冷たく言い放つと竜王剣の剣先を向ける。

するとウラカンは「はぁ」と残念そうにため息をつく。

「残念ですよ。君のような有望な若手を手にかけないといけないとは……!」

悪虐な笑みを浮かべたウラカンの体からゴッ!!と莫大《ばくだい》な魔力が吹き上がる。その魔力は一瞬で時計塔の頂上全体を包み込む。二人の部下とは比べ物にならないその魔力の量と悍《おそ》ましさにシャロとアイリスは驚愕《きょうがく》する。

「なにこの魔力!? あいつまだこんな力を隠し持ってたの!?」

「この魔力量、魔族の中でもかなり上位に位置します。どうやらただの愚か者ではなかったようですね……」

二人は一度将紋《しょうもん》の持ち主である『剣将コジロウ』の戦いぶりを見ている。

コジロウの実力は自分たちよりずっと高く感じたのだが、目の前の魔族の力はそれ以上に感じられた。

「ふふ、いくよ……超位多重魔剣《フォル・ブルソドル》」

ウラカンが魔法を発動させると半透明の剣が五本出現し、彼を中心に回り始める。その一本一本が膨大な魔力を発しており、それが如何《いか》に強大な魔法であるかを雄弁に物語っている。

しかしルイシャはそんな魔法に臆することなく、一気に距離を詰めようと地面を蹴る。

ルイシャの思い切りのよい行動に一瞬ウラカンは動揺するが、すぐに冷静さを取り戻すと魔法の剣をルイシャ目掛けとばす。

「切り刻め我が剣よ！」

勢いよく飛んでくる二本の剣をルイシャは身をよじって躱《かわ》す。無駄のない見事な回避、しかしウラカンはその動きを読んでいた。

「ふふ……所詮は子供ですか。呆気《あっけ》ないものですね」

ルイシャが回避した先、そこにはなんと三本目の剣がルイシャの動きに合わせ飛んできていた。ウラカンはルイシャが回避する場所を最初から予測し、先んじてそこにも剣を放っていたのだ。

「……！」

ルイシャも魔法の剣も物凄い速度が出ている。急停止したり避けたりする時間はない。

「ルイ！」

「ルイシャ様！」

最悪の光景が頭に浮かび、思わず叫ぶシャロとアイリス。

しかしルイシャは諦める気などさらさらなかった。左手に魔力を集めると、拳を握り思い切り剣の側面をぶん殴る！

刺すことに特化していたその剣の側面は脆《もろ》く、一撃で粉々に砕け散ってしまう。

「バカな!?」

ここに来て初めてウラカンの顔に焦りが見える。部下の攻撃ならまだしも自分の魔法がヒト族、しかも年端もいかぬ少年に破られるなど信じられなかった。

慌てて次の魔法を構築しようとするウラカンだったが、ルイシャはその隙に彼に接近する。その右手には既に気功を溜め込んであった。後は思い切り放つだけだ。

「気功術、攻式五ノ型……『紅蓮大瀑布《ぐれんだいばくふ》』！」

莫大な気を込めたルイシャの正拳がウラカンの無防備な胸部を直撃する。

あまりの衝撃にミキィッ！　とあばら骨が砕ける嫌な音が鳴り、ウラカンの胸部が拳の形に陥没する。

しかもルイシャの使った気功術はこれだけでは終わらない。紅蓮大瀑布は拳に溜め込んだ気功を対象の中に打ち込み、爆発させる事で大ダメージを与える技。地面に打ち込めば衝撃波で広範囲を攻撃することができ、直接打ち込めば追加ダメージを与えることが出来る。

「爆《は》ぜろ！」

掛け声と共にウラカンの胸部が勢い良く爆発し、その衝撃でウラカンは後方に吹っ飛び地面を何回も転がる。

「ぐ……うう……き、貴様……」

ゼロ距離で爆発をくらった彼の上半身は胸から腹にかけて焼けただれてしまっていた。夥《おびただ》しく流れる血がその衝撃を物語っている。

（……何故《なぜ》だ？　何故これほどまでに体に響く⁉）

そのあまりの傷の深さに困惑するウラカン。これほどまでルイシャの攻撃が効いたのには理由がある。

それは相性。熱い地域に住む生き物が熱に強い耐性を持つように、強い魔力を持つ魔族は魔法に対する強い耐性を持つ。しかし魔族は強い魔力を持つ代わりに気功をあまり持っていない。魔法に強いプライドを持っているのでわざわざ気功を鍛える者も少なく魔族は世代を重ねるごとに気功の保有量がかなり減少してしまったのだ。

こと攻撃において気功の減少はマイナスには働かないが、防御面に関してはその影響は如実に出る。気功への耐性をほとんど持たない魔族にとって気功術は天敵中の天敵、それは鎧《よろい》をつけずに真剣を体で受け止める行為に等しい。ルイシャはその事実を知っていた。

（テス姉から聞いた通りだ、魔族には気の通りがいい。このまま一気に攻め立てる！）

そう決めたルイシャはウラカンが怯《ひる》んでいる隙に怒濤《どとう》の攻めを開始する。

「気功術攻式三ノ型『不知火《しらぬい》ッ』！」

ルイシャの渾身《こんしん》の前蹴りがウラカンの横腹に突き刺さる。熱した刃物を突き立てられたかのような痛みが襲いかかり、ウラカンは苦悶《くもん》の表情を浮かべる。

「こ、のガキ……ッ！」

怒りに顔を歪《ゆが》ませながらも、一旦ウラカンはルイシャから距離を取る。

そして右手から巨大な炎を生み出すとルイシャに向かってそれを投げつける。

「超位暗黒雷撃《フォル・ダクサンダー》ッ！」

敵を飲み込まんと飛んでくる黒い雷《いかずち》。当たるのはマズいと直感したルイシャは大きく横に跳ぶと、雷を迂回《うかい》しながらウラカンのもとへ走る。自分のもとへ向かってくるルイシャの姿を見たウラカンはほくそ笑む。

「くく、馬鹿め。この炎は囮《おとり》、本命はこっちだ」

左手に溜《た》めていた魔力を魔法に変える。生み出すのは不可視の刃、シャロの足を切りつけた凶悪な魔法だ。

「私のオリジナル魔法、迷彩飛刃《ヒドウン・エッジ》……！　貴様は斬られたことすら気づかず死ぬのだよ」

ルイシャの注意が雷に向いてる内に魔法を作り上げたウラカンは、ルイシャに気づかれぬよう細心の注意を払いながらその刃を放つ。光の屈折を利用することによりその刃は空気に完全に溶け込む。近くで見れば僅かに空間が歪んでいるので違和感を覚えるが、それに気づく頃には避ける暇などない。

ウラカンはこの魔法で何人もの魔族とヒト族を手にかけていた。

（終わりだ！）

心の中でほくそ笑むウラカン。彼の放った魔法は真《ま》っ直《す》ぐに飛んでいき、見事ルイシャの首を斬り裂く……かと思われたが、その直前でルイシャが突然首を横に捻《ひね》ったため当たることはなかった。

「んなにぃ!?」

ありえない。完全に決まったと思ったのに！　焦ったウラカンは不可視の魔法を連発する。

迷彩光線《ヒドゥン・レシオ》、迷彩魔剣《ヒドゥン・ソドル》、迷彩柱杭《ヒドゥン・ピラー》、いくつもの魔法を織り交ぜ執拗《しつよう》にその命を狙うが、ルイシャはそれら全てを躱しウラカンに接近する。

「――――せいッ！」

「ひぶっ!!」

ルイシャの右拳がウラカンの左頬を打ち抜く。倒れそうになりながらも何とか踏みとどまったウラカンは口から流れる血を袖で拭い、ルイシャを睨みつける。

「……ん？」

ルイシャのことを見たウラカンは彼に起きたある変化に気づく。

戦いに意識を集中させ気づかなかったが、ルイシャの左目が黒から金色に変化していた。

しかもウラカンはその瞳に見覚えがあった。

「そ、そそそその瞳ッ！　なんでヒト種の貴様がそれを持っている!?」

「へ？」

この時初めてルイシャは異変に気づいた。確かに左目が熱い。それにまるで竜眼を使っていた時みたいに世界が不思議に見える。まるで魔力が可視化されているかのような景色だ。

それに気づいた時、ルイシャは確信した。自分はテスタロッサの『魔眼』を受け継いだのだと。

「そ、その金色に光る魔眼は、魔王のみが持つことを許される真なる魔眼、『魔王の瞳《サタンズ・アイ》』！　なぜ魔族ですらない貴様がッ！　魔王になるのは私だッッ!!」

目を血走らせながら半狂乱した様子でウラカンは叫ぶ。それほどまでにヒト族の少年が魔王の証《あかし》を持っていることは彼にとって到底許せることではなかった。

しかしなぜそこまで魔王という座に執着するのか、それがルイシャには分からなかった。ウラカンほどの実力があれば魔族の世界で成功することも可能だっただろう。

「いったい何が貴方《あなた》をそこまで駆り立てるのですか？　なぜそこまで魔王に拘《こだわ》るのです

か」

「なぜ俺が魔王になりたいか、だって？　そんなに聞きたいなら教えてやるよ、三百年前一体何があったか！」

◆　◆　◆

今から三百年前、魔王国領土内のとある街。

「すごい賑《にぎ》わいですね。あの魔王のどこがそんなにいいのでしょうか」

目の前に広がる数え切れないほどの民衆を見て私、ウラカンは憎々しげにそう呟《つぶや》いた。

この時の歳《とし》はまだ二十三。まだまだ若さがみなぎりイケイケの歳だった。

他の魔族を圧倒する魔力量に優れた容姿と高い知性、将来は大物になると親族の間で噂《うわさ》されていた私は自分は選ばれた存在だと信じて疑わず、将来自分は魔王になり魔族の未来を背負って立つのだと確信していた。

そう、この日までは。

「テスタロッサ様、まだかなー」

「もうそろそろじゃないか？　それにしても楽しみだねえ」

「いやあこの街に来てくれるなんて我々は運がいい」

「本当ですよ、あの方こそ魔王になるべくしてなったお方ですからねえ」

集まった民衆は口々にそのようなことを話している。若き魔王を称《たた》えるその言葉が耳に入るたび、私は顔をしかめ舌打ちを鳴らしていた。

この時、魔王テスタロッサの歳は十六。魔王になって二年が経過した頃だった。

まだ若いながらも奴《やつ》は歴代最高の支持率を誇っていた。優れた頭脳と稀代《きたい》の魔法の才、そして非常に優れたルックスを持っていると評判だが、私と比べたら大したことはないだろう。

しかし奴が来るというだけで民衆は一目見ようと殺到し、今日みたいにお祭り並みの人だかりを作ってしまう。ギュウギュウになりながらも彼女に会える嬉《うれ》しさから民衆の顔は喜びに満ちている。

実に、実に腹立たしい。

本来であればその感情は自分に向けられるはずなのに。ここにもっと崇拝すべき者がいるというのに小娘に熱狂している馬鹿な民衆が殺してしまいたいほど憎かった。

しかしここで一時の感情に身を任せてしまえば輝かしい未来が閉ざされてしまう。私は怒りに震える拳を必死に抑え、お目当てであるテスタロッサが来るのを待つ。

「くく、この大勢の前で恥をかけば魔王の座を引退せざるを得ないだろう」

二年前に行われた魔王を決める武闘大会に優勝しテスタロッサは魔王になった。

その大会に私は出場していなかった。まだ成長期である自分には早いと思い出場を見送り次回の開催に備えることにしたのだ。

しかしその大会で自分より年下であるテスタロッサが優勝してしまった。私はそのことに強い怒りを覚え、テスタロッサのことを強く憎むようになった。

しかしいくら強く憎んでも魔王の立場を奪うことなどできない。なので私はテスタロッサの事を忘れるようにして生きていたのだが、たまたま自分が住む街に奴が訪れることを知り、その姿を見定めてやろうとしているのだ。そして隙あらば魔法の一つでも当ててやろうと思っている。私の開発した不可視魔法を使えばその程度容易《たやす》い。可愛《かわい》らしいお顔に傷でもつけば支持率はガタ落ちするだろう。所詮顔だけの王だろうからな。

「さて、そろそろ来る時間のはずだが……」

そう呟くと同時に、街の入り口の方から歓声が上がる。どうやら到着したようだ。

沸き立ち大声で歓声を送る愚民共をかき分けながら私は前に進む。そうしてしばらく進んで行った私の目に映ったのは驚きの光景だった。

「こ、こいつは……！」

彼の目にまず入ってきたのは巨大な四足獣だった。剣のように鋭い爪と牙、黒い体毛は一本一本が針のように鋭く、硬そうな印象を受ける。

そして何より一番目を引くのが胴体から生えている三つの頭だ。

その獣の名前はケルベロス、決して人に懐かないと言われるほど凶暴で戦闘力が高い種族だ。

テスタロッサはその獣の背中に腰をかけ、民衆に手を振っていた。

「馬鹿な……ケルベロスが人に背中を預けるなんて聞いたことないぞ……！」

ケルベロスはプライドが高いことで有名な獣だ。人と仲良くなることすら不可能と言われているのに奴はその背中に乗っているではないか。愚かな民衆はその異常さに気づいていないが、知識のある私はその事実に打ちのめされかけていた。

「おのれ魔王テスタロッサ……！」

気を取り直し、視線をケルベロスからテスタロッサに移す。

初めて奴を見た私の感想は「普通」だった。

確かに見た目は美しい、私ほどじゃないがな。しかし感じる魔力は大したことはない。これならば全然私の方が強いではないか。

やはり私の予想は正しかったのだ。

「くく、やはり噂は噂に過ぎなかったか。どれ、その綺麗《きれい》なお顔に大きな傷を作ってあげよう」

私は右手に不可視の刃を出現させ、テスタロッサに狙いを定める。

なあに命まで取りはしない。ただ二度と人前に姿を現せない程度のトラウマは与えてあげよう。これも私を怒らせた当然の報いだ。

「くらえ、迷彩《ヒドウン》――――」

魔法を放とうとしたその瞬間、今までにこやかな笑顔を民衆に向けていた奴の瞳が、確かに私を捉えた。

「ひ――――っ」

まるで心臓をわしづかみにされたような感覚。お前などいつでも殺せると言われているかのような感覚に足が震え背中が急速に冷える。……それほどまでにテスタロッサが私を見た瞳は、冷たく恐ろしいものだった。

「た、たまたまだ。わ、私のことなど気がついてるはずがない。たまたまそう見えただけだ。臆するなウラカン……」

見ればテスタロッサは何事もなかったかのように民衆に笑顔で手を振っている。

やはりさっきのは気のせいだったのだ。そう確信した私は再び不可視の刃を放とうとし――――その手を止めた。

「そん、な、馬鹿な……!?」

首元に当たる冷たい感触。しかし視線を下げても首に何か当たっている様子はない。だが確かに刃物のようなものが首に当てられている感触がある。そしてその刃は私を脅すように細かく振動している。まるでそれ以上動けばその首を切り落とすぞ、と言うように。

「この魔法は、私の迷彩飛刃《ヒドウン・エッジ》……!?　なぜこれが私に向けられているのだ!?」

困惑しながらテスタロッサに視線を移す。すると奴は……私を蔑むかのような目で見てきた！

そうか、お前がこれをやったのか。私が攻撃しようとしているのを知って、わざと私の魔法を真似《まね》て刃を向けたのか。お前程度の魔法一度見たら真似ができるぞと、いつでも殺すことが出来るんだぞと、そう……言いたいんだな？　そう……言われたんだな、私は。

「許……せない」

何という屈辱。何という恥。人目も憚《はばか》らずその場に膝をつき、両の瞳から涙を流し茫然《ぼうぜん》とする私。悲しいのではない。悔しいのだ。

栄光と成功に彩られたはずの未来、それをぐちゃぐちゃに踏み躙《にじ》られた。この屈辱は奴を王座から引きずり下ろさない限り晴れないだろう。

「一生をかけてでも貴様を引きずり下ろし、私が魔王になってやるからな……！」

去っていくテスタロッサの背を見ながら、私は一人そう誓ったのだった。

◆　◆　◆

「三百年前のあの日から、穏やかに眠れた夜は一度もない。この地獄から抜け出すには私が魔王になる以外ないのだよ！」

「そう……ですか」

ウラカンの過去を聞いたルイシャは彼に哀れみを抱く。

おそらくテス姉は彼を馬鹿になどしてなかったのだろう。降りかかる火の粉を払っただけ。しかしその対応は彼をひどく傷つけてしまった。

テス姉に非はない。でも彼女が原因で歪《ゆが》んでしまったのなら……その過ちを止めるのはその弟子である僕の役目だ。

そう決意したルイシャは竜王剣を構え、その切っ先をウラカンに向ける。

「あなたの野望はここで止めてみせます」

「やってみろよガキが！」

その言葉を合図に両者は戦闘を再開する。

接近戦では分が悪い、先程の戦いでそれを理解したウラカンは距離をとって戦おうとする。

「超位棘皮魔鞭《フォル・ソウンウィップ》!!」

ウラカンが魔法を発動すると棘《とげ》がびっしりと生えた鞭《むち》が彼の腕の先端に現れる。その鞭は枝分かれしており何十本もの鞭が束ねられているような形をしている。

「貴様にこれが避けられるか!?」

ウラカンがその鞭を振るうと、一斉に何十本もの鞭がルイシャに向かって伸びていく。

しかもその一本一本がまるで意思を持っているかのように不規則に動きルイシャを狙う。

常人であれば回避することはまず不可能な攻撃。しかしルイシャの魔王の瞳《サタンズ・アイ》はその動きを捉えていた。

「……見える！」

魔眼は魔力の流れを『視《み》る』ことが出来る。その上位互換である魔王の瞳にも当然その能力が備わっている。

魔力の流れさえわかれば避けるのは簡単だ。一見不規則に見える動きも、実際は魔法を構成する魔力にあらかじめ命令《プログラミング》されているものを実行しているに過ぎない。その命令が『視える』というのは相手の思考が読めているのに等しいアドバンテージなのだ。

「クソッ！　迷彩拡散飛刃《ヒドゥン・バラ・エッジ》！」

いくつもの透明化した刃がルイシャに襲いかかる。しかし魔王の瞳が目覚めたルイシャにはそれすらも視えていた。いくら視界で捉えることが出来なくてもその魔力まで消すことはできない。魔王の瞳を通せばその迷彩は丸裸。なのでルイシャは先ほども不可視の魔法を避けることが出来たのだ。

「当たれ！　当たれ当たれ当たれ！」

手を出し尽くしたウラカンは魔法を連発するが、そのようながむしゃらな攻撃では魔王の瞳がなくても避けることができる。回避しながらウラカンに接近したルイシャは竜王剣を取り出し、すれ違いざまに彼の脇腹を斬りつける。

「気功《オーラ》……斬《スラッシュ》ッ!」

気功を込めたその一撃は彼の脇腹を深く斬り裂き、大量の血が吹き出す。

「ぐぞ、私が、こんなガキにぃ……!」

息を切らしながら必死に脇腹を手で押さえる。いくら魔族の回復能力が高いと言ってもこの傷は致命傷だ。しかし彼の瞳に燃え盛る復讐《ふくしゅう》の炎は消えていなかった。

ルイシャはそんな彼を黄金色に輝く左眼《め》で睨《にら》みつける。それは彼の魔法を警戒しての行動だったのだが、その行動がウラカンの怒りに触れることになる。

「その眼で……その眼で俺を見るなァ!!」

彼はそう叫ぶと懐から植物の種のような物を取り出す。それは部下二人に飲ませた物と同じ物だった。

それを見るのが初めてだったルイシャは「何だあれ……?」と警戒する。

「ダメ! あれを飲ませちゃ!」

シャロは慌ててそう叫ぶがもう遅い。ウラカンはその種をゴクリと一口で飲み込んでしまう。

すると直《す》ぐに彼の体に変化が起き始める。

バキバキと骨が砕けるような音と共に彼の体は大きく膨れ上がり、その身長は四メートルほどのサイズにまで変貌する。皮膚は黒く変色し、爪と牙は獣の様に長く鋭くなる。

そして背中には竜種を彷彿《ほうふつ》とさせる巨大な翼、尻尾は大蛇のように太く長くなり、角は巨木のように太く立派な物になる。素質があったのだろうか。その変化は先の二人よりも激しかった。

その姿は伝説に存在する魔族の先祖、『悪魔』によく似た姿だった。

『素晴らしい……もはや誰にも負ける気はせぬ』

異形の怪物と成り果てたウラカンは、その力にうっとりと酔いしれていた。

魔力が無尽蔵に湧き上がる感覚。力を入れれば入れただけ筋肉は膨れ上がり力の底が見えない。

正に最強、正に無敵。

ウラカンは自身が究極の生命体になったと確信する。

彼はルイシャに赤く光る悍《おぞ》ましい瞳を向けると、低くくぐもった悍ましい声を出す。

『ガキ、命乞いするなら今のうちだぜ。まあそのムカつく眼をしている以上殺すほか道はねえが……そこに転がっている女二人の命は助けてやってもいいぜ』

そう言ってシャロとアイリスをねっとりとした視線で見つめる。化け物と化したウラカンからそのような視線を受けた二人は「「ひっ……」」と強い恐怖を覚えた。もしあいつに捕まったら何をされるのか、考えただけで恐怖がとめどなく沸き出す。

「僕は命乞いも二人を見捨てもしません。ここであなたを倒してみんなで帰る！」

『やってみろよクソガキッ！』

ウラカンは右手を空に掲げ魔力を練り込む。

彼の肉体は細胞レベルで進化している、魔力を練り込むスピードは以前より格段に速くなり魔力量も増大している。

『魔将迷彩拡散光線《イビジエネル・ヒド・バラレシオ》！』

彼の手から放たれたのは不可視の光線。その数は一本や二本ではない、とても数えきれぬほどの光線の雨がルイシャ目掛けて放たれる。

その一本一本が人一人を一瞬で蒸発させる威力を持っている。正に『必殺技』と呼ぶに相応《ふさわ》しい技だろう。しかしルイシャは一歩も引かなかった。

「いくよ……力を貸してねテス姉！」

ルイシャは左眼に力を込める。

すると彼の目が金色に輝き、瞳の中央に六芒星《ろくぼうせい》の紋様が現れる。

「魔王の瞳《サタンズ・アイ》ッ！」

開眼した瞬間、ルイシャの見る景色が一変する。

ウラカンの放った不可視の魔法がはっきりと見え、更にこの後どういった軌道で飛んでくるか、どう移動すれば当たらずに前進できるかが瞬時に理解できてしまう。

魔王の瞳に導かれるがままルイシャは前進する。それだけでウラカンの渾身《こんしん》の魔法は全てルイシャの服に掠《かす》ることすら出来ずに通り過ぎてしまう。

『い、忌々しい魔眼を使いおって……！　こうなったら！』

魔法が通用しないと察したウラカンは背中に生えた羽を羽ばたかせながら地面を蹴り、ものすごい速さでルイシャに接近する。そして拳を振りかぶると全スピードと体重を乗っけたパンチをルイシャに繰り出す。

自分の何倍もある大きさのバケモノが迫ってくる。しかしそれでもルイシャは冷静だった。

なぜなら彼にはもう一人心強い味方がいるから。

「力を貸してもらうよリオ！」

魔眼を閉じたルイシャは、今度は右目に力を込め、『竜眼』を発動する。

すると再びルイシャの見る景色が変わり、今度はウラカンの力の動きが眼で見えるようになる。

『死ねえっ！』

高速で放たれる拳、しかしそれも動きが読めていれば恐るるに足らない。

ルイシャは拳を紙一重のところで避けると、その腕を両手で摑《つか》む。

「気功術、守式六ノ型変式『柳流《りゅうりゅう》・宿禰《すくね》返し』！」

なんとルイシャはその拳の力を利用し、ウラカンをひっくり返すようにして地面に投げ落とした。頭からものすごい勢いで地面に叩《たた》きつけられたウラカンは、頭部を激しく打ったせいで意識が朦朧《もうろう》としその場に倒れ込む。

『お、俺様がこんなガキになぜ……？　俺様は最強の力を手に入れたはずなのに！』

地面に手を突きながらなんとか起き上がる。

しかしそんな彼に追い討ちをかけるようにルイシャはその側頭部を蹴り飛ばした。

竜眼発動中はリオに貰《もら》った竜族の血が活性化する。つまりルイシャの身体能力が更に上がるのだ。

まるで竜族並みの蹴りをまともに受けたウラカンは再び地面に倒れ呻《うめ》く。あまりの不甲斐《ふがい》なさに彼は怒りを通り越し悲しくなってくる。

もう……もう、なりふり構ってはいられない。こんな得体の知れないガキに最後の手段を使いたくはなかったがそうも言っていられない。

どんなにみっともなくても最後に勝てばいい。そう自分を納得させたウラカンは大事に持っていた『魔王の書』を取り出す。

『少し予定より早まるが、計画を開始する。見せてやるよ新時代の魔王の姿を！』

そう叫び『魔王の書』に魔力を込めると、本から金色の強烈な光が放たれる。思わず目を覆いたくなるほどの強烈な光、その色はルイシャの左眼に宿った力の色と良く似ていた。

『魔王継承の儀は多くの魂と引き換えに行われる。今頃街中で暴れている部下たちがそのノルマを達成していることだろう。魔王にさえなれれば貴様などには負けないッ！　今ここに魔王継承の儀を開始するッ！　「魔王の書」よ！　この街に散った魂を集め、私を新しい魔王にするのだ！』

ウラカンの呼びかけに応え、『魔王の書』はその光を増す。

そしてその光に吸い寄せられるように無数の魂が集まって……来なかった。

『……ん？』

ウラカンは再び『魔王の書』に魔力を込め、天高く掲げるが一向に魂は集まってこなかった。

いったい何故《なぜ》？　焦るウラカンにルイシャは言葉を投げかける。

「何度試しても無駄だと思いますよ」

『き、貴様の仕業かガキ……!?　いったい何をした!!』

ルイシャの仕業だと思ったウラカンはそう怒鳴りつける。しかしルイシャの返事は彼にとって意外なものだった。

「魔力探知してみれば分かりますよ、あなたも魔族なんだからそれぐらいできますよね？」

『魔力探知だと？　そんなことして何が分かるというんだ』

ウラカンはそう反発しながらも魔力探知を発動する。

王都をすっぽり覆うほどの魔力探知、さすがは魔族といったところだ。しかしそんな広範囲を探知可能だったために、彼は自分の計画が破綻してしまっていることを理解できてしまった。

『ば、馬鹿な……！　なぜヒト種の数がちっとも減ってないのだ!?　私の兵たちは何をしている!!』

ヒト族の数は計画を始める前と全く変わっていなかった。

ウラカンは今回の計画を行うに当たって、邪魔が入らないよう入念に準備をした。障害となるであろう騎士団を封じ、白金等級冒険者はクエストでいないタイミングを狙ったのだ。

それなのになぜ？　今王都には魔族の相手を出来る猛者などいないはずなのに。

『貴様の仕業なのか!?　貴様が我が兵を全て倒したとでも言うのか!?』

「さすがにこの短時間で僕でもそんなことは出来ませんよ、あなたの兵たちはこの王都に住む人たちに負けたんです」

『ば、馬鹿な……』

信じられない。愕然《がくぜん》とするウラカン。

ルイシャはそんな彼を真っ直ぐに見据え、宣言する。

「あなたは僕に負けるんじゃない。この国に負けるんだ」

◇　◇　◇

場所は変わり王城ヴァイスベルク。

城の中に存在する大広間にフロイ王とその護衛の騎士たちが集まっていた。

彼らと相対するように立つのは大臣グランツを筆頭とする魔族たち。彼らは手に武器を持っており、その顔に滲《にじ》み出る残虐性を隠そうともしていなかった。

「……して、何の用ですかなグランツ大臣。お話しに来た、というわけではなさそうですが」

眉を顰《ひそ》めながらフロイ王はグランツに問う。彼らが悪意を持って接してきているのは分かっている。しかしまだ対話の余地があるかも知れないとフロイ王は淡い期待を抱く。

しかしグランツは笑いながらそれを一蹴した。

「あまい、あますぎるぞヒト族の王よ。首元に刃を突きつけられても貴様は対話を試みるというのか。実に愚か、実に脆弱《ぜいじゃく》っ！　貴様も男であるのならば武器を取り戦おうとは思わないのか！」

巨大な刃物のついた槍《やり》、偃月刀《えんげつとう》と言われる武器を手にしたグランツはその切っ先をフロイ王に向ける。王に武器を向けるなど許されない蛮行。護衛の騎士たちも怒り剣を握る手に力が入るが、肝心のフロイ王は至って冷静な様子だった。

「実に短絡的な発想ですな大臣。国を預かるこの身全ては国に尽くす為《ため》にある。刃を突きつけられたくらいで騒ぐことこそ愚の骨頂。戦を避け民を幸せに導くためであればこの身をいくら削られようと誇りを踏み躙《にじ》られようと些事《さじ》。貴様とは覚悟が違うのだよ」

「ぬっ……！　言わせておけば……っ！」

煽《あお》るつもりが煽り返され、グランツの顔は怒りに染まる。彼は問答はこれまでだとばかりに偃月刀を構え、フロイと護衛の騎士たちのもとに近づいていく。

「今になってこの蛮行、『外』で何かやっているのか」

「それに答える義理はない。貴様らはここで死ぬのだからな！」

偃月刀をフロイ王目掛けて振り下ろす。まるで巨大なギロチンの如《ごと》き速さと威力のその一撃に騎士たちは反応が遅れてしまう。ただ一人を除いて。

「――――させん！」

ただ一人動いたのは王国騎士団長、エッケル・プロムナードだった。彼は左手に装備した大楯《たて》でその一撃を正面から受け止め王の命を守る。

「ほう、ヒト族の脆弱な身で私の攻撃を受け止めるとはやりおる。しかしいつまで持つかな？」

何度も何度も偃月刀を打ち付けるグランツ。常人であれば楯ごと真っ二つにされてしまうその攻撃を、エッケルは持ち前のタフネスと受けの技術で全て受け切る。

「……これは驚いた。まさかここまで食い下がるとは」

想定を大きく上回ったエッケルの防御能力に驚いたグランツは一旦攻撃の手を止める。

そして見事猛攻を凌《しの》ぎ切ったエッケルは後ろにいる王に尋ねる。

「陛下、いかが致しますか」

「うむ……」

フロイ王は頭の中で最善の手を考えていた。優秀な頭脳を持つ彼はあらゆるパターンを脳内でシミュレートして最も良い手を考えることを得意としていたが、今回はあまりにも情報が少なすぎた。

相手の目的もわからなければ、今外がどんな状況なのかも不明。この状況では何が悪手になるか分からない。

（目の前の魔族を倒して解決となるのであれば良いが。この挑発事態が罠《わな》の可能性も高い。下手に手を出しては奴《やつ》らの術中にハマる可能性がある……）

もし外で魔族が暴れているのであればここで魔族を倒しても問題にはならない。しかし大広間の出入り口は魔族たちが立ち塞がっているので確認しに行くことは出来なかった。

身動きの取れない国王と騎士団を見て、再びグランツは偃月刀を振りかぶる。

「そっちから来ないのであればこちらからいかせて貰うぞ。反撃しなければ手を抜いて貰えるなどという期待はするでないぞ」

万事休す。絶体絶命。

そう思われた次の瞬間、突然大広間の扉が開きある人物が中に入ってくる。

「父上！　魔族が外で暴れています！　すぐに騎士団の派遣を！」

大広間に入るや否やそう叫んだのは眩《まぶ》しい金髪の美少年、彼はこの国の王子でありフロイ王の息子のユーリであった。

彼の言葉を聞いた騎士たちは理解する。すぐさま自分たちのやるべきことを理解し、魔族たちに斬りかかる！

「うおおおおおっ!!」

鬼気迫る表情で向かってくる騎士たちに押され、魔族たちは次々と斬り伏せられていく。

そうして魔族の包囲網を突破した騎士たちはユーリのもとへ辿《たど》り着き、その足元にひざまずく。

「よくぞご無事で。現在の状況を教えていただけますか」

「ああ、手短に話す。よく聞いてくれ」

ユーリは騎士たちに現在の状況を話し、指示を出す。まずは城を囲む結界を作っている魔族を倒すこと。そしてそれが終わりしだい街で暴れる魔族を倒すこと。

指示を受けた騎士たちはさっそく動き出す。

「ねえユーリ、僕たちも結界を作っている魔族を探すのを手伝うよ。僕は解析魔法が使えるしカザハも虫の力で人探しは得意だ。バーンは……まあ何か役に立つでしょ」

「そうだね、じゃあそっちは任せたよ」

俺だけ扱いが雑だろ！　と騒ぐバーンを無視し、ユーリはチシャに結界のことを任せる。

そして自分はイブキと共に大広間に入り、グランツのことを見据える。

「そこまでですよ大臣。あなた方のやっている事は重大な犯罪行為です。この件が明るみに出れば魔王国は周辺諸国に糾弾されるでしょう。早めに投降してください」

ユーリは毅然《きぜん》とした態度でグランツを諭す。しかし年端も行かぬ少年の言うことを黙って聞くほど彼は落ちぶれてはいなかった。

「粋がるなよ小僧、このグランツ、貴様程度に言いくるめられる器ではないと知れ」

そう言ってグランツは鋭い眼光でユーリを睨《にら》みつける。殺気のこもった恐ろしい眼光にユーリは気圧《けお》され後ろに下がる。すぐさまイブキが剣を抜き二人の間に入り牽制《けんせい》するがグランツは気にも留めない。イブキとユーリを交互に見て「ふん」と興味なさげに呟《つぶや》いた彼はフロイ王と騎士団長エッケルに視線を戻した。

「子ども相手にムキになっても仕方ない。やはり戦は強者と戦ってこそ。今度こそお手合わせ願おうか」

指名を受けたエッケルは王に一礼するとグランツの前に進み出る。部下の騎士たちが出て行った以上心残りはない。存分に剣を振るうことが出来る。

「王国騎士団長エッケル・プロムナード、参る」

彼は重い鎧《よろい》を身につけているとは思えない速度で駆けると、右手に装備した幅広の大剣をグランツに振り下ろす。グランツはその一撃を偃月刀でガキィン！　と弾《はじ》くと、エッケルの胴体に重い蹴りを放つ。

「――――むんっ！」

エッケルは大楯でその一撃を防ぐと一旦距離を取り、相手の出方を窺《うかが》う。一見普通の攻防だが、彼らの一撃一撃は必殺の威力を持つ。一手間違えれば命を落としかねない戦いにグランツは笑みを浮かべる。

「どうやら思ったよりも遊べるようだ。だが身体能力はヒト族の限界を大きく超えてはいないようだ。であれば私に勝つことは出来ない……！」

両の拳を握り、全身に力を込めるグランツ。

すると彼の肉体はメキメキと膨れ上がり、二メートルの背丈は三メートルを超えるサイズまで大きくなる。肥大化した筋肉は鋼の如く硬くなっただけでなく、強い熱を帯び赤く光っている。大きくなった角はねじ曲がり彼の恐ろしい顔を更に恐ろしいものに変える。

あっという間に彼の体は元のものとは全く違うものに変貌した。

「これが〝炎魔〟と呼ばれ戦場で恐れられた私の真の姿。高熱を帯びたこの身体《からだ》の筋力は元の姿の三倍。この肉体から放たれる攻撃、ヒト族如きに受け切れるものではないわッ！」

咆哮《ほうこう》とともに偃月刀が振るわれる。その刃はグランツの熱が伝わり赤熱化している。圧倒的筋力から放たれるその一撃は一軒家を真っ二つにするほどの威力を持つが、エッケルは逃げることなく楯を構える。

彼の後ろには守るべき王がいる。ここから引くという選択肢はなかった。

「死ねっ！」

容赦なくぶつけられる致命の一撃。エッケルはその一撃が当たる瞬間、大楯を振り攻撃を弾く。

「んなっ!?」

大きな金属音と共に偃月刀が砕け散る。予想だにしていなかった事態にグランツは目を丸くする。自慢の偃月刀が砕け散ったこともそうだが、なによりエッケルが今使った技に彼は強く驚く。

「き、貴様……なぜ『パリイ』を使える!?　その技はヒト族如きに習得できる技ではないはず！」

パリイ。この技は魔法でもなければ気功術でもない、純粋な技量に依存する技だ。

相手の攻撃が命中するその刹那に楯を振ることで、その攻撃を無力化し相手の体勢を大きく崩す技だ。魔力などを一切使用しない代わりに楯に当たるタイミング、角度、力加減、全てがベストでないと効果を発揮しない超高難易度の技。

「伝説の高級技。型稽古ですら使用できる者はしばらく現れていないというのに、まさか実戦で使える者がいたとは……！」

「私には魔族のように強大な魔力も強靭《きょうじん》な肉体もない。ゆえに求めた、その差を埋める技を」

身長二メートル二十センチ、体重百五十キロ。人間としては規格外の巨体を誇るエッケルだが魔族や魔獣を相手にすればその体格は大きく見劣る。だから彼は必死に探し、そして見つけた。その差を埋める技を。

「たかが技一つで勝てると思うなよ。私の本気は、こんなモノではないぞッ！」

体からものすごい熱気を解き放つグランツ、その熱気は大広間全体を包み込み、広間全体が砂漠のように熱く乾燥してくる。ユーリは立っているだけでふらふらしてしまうほどだ。

「燃え尽きろッ！」

灼熱《しゃくねつ》の拳が機関銃《マシンガン》の如き速度と数で襲いかかる。エッケルは一歩も引かずそれらを全て楯で捌《さば》く。

「これならどうだ！　魔拳・煉獄《れんごく》！」

グランツが拳を前に突き出すと、拳の形をした巨大な火の玉が発射されエッケルに襲いかかる。鉄をも溶かす温度を秘めたその技は、当たれば即死の正に必殺技。

しかしエッケルは臆さない。彼には絶対の信頼を置く技があるから。

「ふうぅ――――っ」

深く息を吐いた彼は、楯を握る腕の力をフッと緩め、全神経を集中させる。角度・力み・タイミング。それらが全てカチリとそろった時、その技『パリイ』は完成する。

「――――ここっ！」

完璧なタイミングで火球に激突した大楯は、それを綺麗《きれい》にまっすぐ弾き返す。

跳ね返った先にいるのは技を放ったグランツ自身、皮肉なことにその技の破壊力を、彼は自分の身をもって証明することになる。

「馬鹿……な、私がこんな人間《カス》に……ぃ」

火球をモロに食らったグランツは、全身に重度の火傷《やけど》を負う。身体の一部が炭化するほどの大怪我《おおけが》、いくら頑丈な魔族でも耐え切れるはずがなく、彼はその場に崩れ落ちる。

強敵を倒し、肩の荷が下りたエッケルは「ふう……」と息を吐き、吐き捨てるように呟いた。

「どうやら炭《カス》は貴公のようだったみたいだな」

◇　◇　◇

王国騎士団とユーリたちの活躍により、王城を魔族の手から奪還することに成功した。

結界の破壊も無事成功し、外に出ることが出来るようになった騎士団員たちが魔族討伐に乗り出したことにより状況は一気に王国側に有利に動き出す。

ある騎士団員は冒険者たちに加勢し、またある者は正門で暴れるグレートホースを止めに。

「助かったぜ……」

へとへとの様子で座り込んでいるのは冒険者グループ『ジャッカル』のリーダー、マクス。後方からのサポートだとはいえ、魔族と戦っていた彼は既に疲労困憊《ひろうこんぱい》していた。他の冒険者たちもみな疲れ果て、魔族の相手を数分前に加勢に来た騎士団員に任せその場にへたり込んでいた。いまだに戦っているのは金等級の冒険者くらいだ。

「やっぱあいつらはすげえな……」

よくそんな桁違いの者たちを説得できたものだと思っていると、「よう」と肩を叩《たた》かれる。

こちとら大仕事を終えた後なのに誰だよと振り返ってみると、そこにはよく見知った顔があった。

「ヴォルフ!?　なんでここに!?」

「お、元気そうじゃねえかマクス。見たところこっちも大丈夫そうじゃねえか」

そこにいたのは正門にいたはずのヴォルフだった。所々傷があるもののまだ元気そうだ。

そんな彼の様子を見たマクスは喜びのあまり疲れなど忘れ立ち上がる。

「お前無事だったのか！　いやあ良かった良かった！　こっちに来たって事は正門の方も片付いたのか？」

「ああ。元々あのでっけえ馬は全部倒してたからな。馬に乗ってた魔族を倒すのに苦労してたんだが騎士団の奴《やつ》らが来てくれたおかげでそっちもすんなり片付いたぜ」

「そうか、じゃあ後は……」

「ああ。後は今回の首謀者をとっ捕まえれば終わりだ」

まだ油断できるような状況ではないのだが、二人には奇妙な確信があった。

――――きっとルイシャがカタをつけてくれるのだという確信が。

(こっちは片付いたぜ大将、後は任せましたぜ……！)

ヴォルフは空を見上げると、どこかで戦っているであろうルイシャに後を託すのだった。

◇　◇　◇

『なぜだ！　なぜ私の部下は一人も殺せていない⁉　あり得ない！　あり得ないィ！』

生贄《いけにえ》が全く手に入らないという想像だにしなかった事態に、ウラカンは困惑し激しく取り乱す。

『計画は完璧だったはずだ。どこで、どこで狂った？　王都に入るまでは順調だったはず。小娘たちが邪魔した時も障害にはならなかった。その後、ガキが来てそれから……！』

うつろな瞳をグルンと動かし、ルイシャを睨みつける。

様々な感情が入り混じったその瞳は泥水のように濁っていた。

『やはり貴様が原因かガキ。ヒト種の分際でその瞳を持つ不届き者め、それは魔王になる私にこそ相応《ふさわ》しいというのに！』

「……これが僕に相応しいかは分かりません。でも、あなたに相応しくないことは分かります」

『なんだって……⁉』

ルイシャは無限牢獄《ろうごく》の中でテスタロッサを見てきた。いつもは不安な表情をルイシャに見せなかった彼女だが、何回か一人で泣いている場面を目にしたことがある。ルイシャはその理由を深くは聞けなかったが、ある日ふとした拍子に彼女がもらした言葉がある。

「無限牢獄《ここ》に来た時から、魔王国とそこに住む人たちの事を忘れたことはないわ。急にいなくなって、きっとすごく迷惑をかけてしまっていると思う。許されるならばこの力をみんなのためにまた使いたい。どれだけ蔑まれても憎まれてもいい。私は魔王国もそこに住むみんなも大好きだったから――」

ルイシャはその言葉を聞いた時、テスタロッサのことを強く尊敬した。これが上に立つ者の器なんだと、そう思った。

しかし目の前に立つ自称魔王からはその器を全く感じない。自称でもそれを名乗ることに嫌悪感すら感じる。

「魔王をただの肩書きだとしか思っていないあなたにその資格はありません。だからあなたの企《たくら》みは僕が阻止します。他でもない魔王の弟子である僕が！」

そう力強く宣言するルイシャ。その威風堂々たる姿を見たウラカンは全身に鳥肌が立ち、足が震える。

この感覚には覚えがある。三百年前魔王テスタロッサを見たときに覚えた感覚だ。

歳《とし》も、種族も、性別すらも違うというのに、目の前の少年の姿があの時の魔王と被《かぶ》って見えてしまう。

『ま、また……また俺の邪魔するというのかテスタロッサァ！』

ウラカンはそう叫ぶと大きな翼を羽ばたかせ空を飛ぶ。

二十メートルほど上昇した彼は時計塔を見下ろしながら、右手の人差し指を上空に掲げ、魔力をその一点に集め出す。

『勇者の子孫も、吸血鬼も、生意気な目をしたお前も――――全て、全て全て全て気に食わない！　全員惨めに死にさらせッ！』

ウラカンの指先に集まった膨大な魔力が黒い炎に変換されていく。その炎は瞬く間に膨張していき、あっという間に十メートル級の巨大な火球になる。

超高密度にまで凝縮されたその黒炎はもはや小さな太陽、距離が離れたルイシャたちですらその熱気を感じるほどだ。

この魔法こそ今のウラカンが放てる最大魔法、その威力はルイシャたちが立つ時計塔を丸ごと消しとばすほどの破壊力だ。

『逃げれば時計塔は崩れ大量の犠牲者が出る、魔法で相殺しようとしてもその衝撃波で手負いの女二人は助からねえだろう！　さてどうする？　貴様にこの状況をどうにか出来んのかよッ!?』

語気を荒らげ叫ぶウラカン。確かに彼の言ったことは間違いではない、もし魔法で相殺しようものなら魔法同士のぶつかり合いで生まれる衝撃波が撒《ま》き散らされてしまう。ルイシャならともかく満身創痍《まんしんそうい》のシャロとアイリスは助からないだろう。

しかしそんな絶望的な状況にあってもルイシャの顔に絶望の色は微塵《みじん》も無かった。

――――だって僕には誰よりも頼りになる、二人の師匠の力が宿っているから。どんなに暗い闇をも照らせる眩《まぶ》しい光がこの身体《からだ》に満ちているから。

ルイシャは体に残る魔力を全て両の手に集めると、それを黄金色に輝く光へと変換していく。その魔法は『魔王』のみが使える王の証《あかし》。全ての『魔』を従える王の光。

「何をしても無駄だ！　万物飲込む昏き恒星《ダク・サンライズ・ファイア》！」

ウラカン渾身《こんしん》の最大魔法がルイシャ目がけて放たれる。黒い太陽と形容するに相応しいその火球はゆっくりと、そして確実にルイシャたち目がけ飛んでくる。

「なんて邪悪な魔法なの……」

「まさか奴がこれほどの力を持っているとは……」

そのあまりの魔力量に死を覚悟するシャロとアイリス。

しかしルイシャだけは絶望していなかった。彼は両の手のひらに集まった黄金色の光を更に輝かせると、ウラカンの放った魔法に向けて一気に解き放つ！

「魔煌閃《サタンズ・レイ》ッ！」

巨大な光の奔流が一筋の光線となって放たれる。

火球に正面からぶつかったその光の束は火球よりもずっと小さい。客観的に見ればウラカンの魔法の方が強く見えるだろう。

しかしそんな状況にもかかわらずなぜかウラカンの顔は青ざめていた。

「そんな……あの魔法は……！」

　もしあれが本当に魔王のみが使える伝説の魔法だとしたら非常にマズい。そう考えたウラカンは翼を羽ばたかせその場から逃げようとする。

　しかしルイシャはそれを許さなかった。

「逃さないよ、お前はここで倒す！」

　ルイシャが更に魔法に力を込めると、光の束は勢いを増す。そして火球を徐々に分解し消し去っていってしまう。

　魔煌閃は対魔法用の魔法だ。その効果は魔力の分解であり、この魔法の前では如何《いか》なる魔法であれその力を失う。

　正に魔王という『魔』を統べる者に相応しい魔法だ。

「いっけえええええっ!!」

　魔煌閃は火球を完全に分解し、その矛先を逃走するウラカンに向ける。その速度は凄《すさ》まじく、とても手負いのウラカンは逃げきれない。

「く、来るなぁっ！」

　死に物狂いで逃げるウラカン。魔法をいくつも作り出し、光の束に打ち込むがそれらは全て一瞬で分解されてしまい勢いを弱めることすら出来ない。

「嫌だっ！　こんなところで、こんなところで負けたくない！　俺は！　私は！　魔王に

「────っ！」

往生際悪く叫び散らすウラカンに、ルイシャは冷たく言い放つ。

「食らえ、それがお前の欲しがっていた王の光だ」

金色の光は王の名を騙《かた》る不届き者を一瞬で飲み込むと、その魔力《すべて》を奪い去るのだった。

第五話 ―◆― 少年と宰相と明かされる秘密

「うぐ、ぐぐ……」

時計塔の屋上に墜落したウラカンは苦痛に顔を歪《ゆが》めながら呻《うめ》いていた。

彼を飲み込んだ魔煌閃は、彼の体内にあった魔力のほぼ全てを分解してしまい、彼は魔力欠乏症に陥ってしまっていた。

魔力は生命維持に必須の力。いくら強靭《きょうじん》な身体を持つ魔族といえど体内の魔力を失ってしまえばひ弱なヒト族と同じく動けなくなってしまう。

しかも彼はルイシャの技を何度も食らっているため全身が傷だらけになっている。魔力、体力共に限界まで減ったせいか謎のパワーアップも解け、元の姿に戻っていた。

ここからどう頑張ったところで逆転は不可能だろう。

しかしウラカンは必死に這《は》いずり、ルイシャから少しでも遠ざかろうとする。

「まだ逃げるつもりですか。逃しませんよ」

そう言ってルイシャは疲れた体を引きずりながらウラカンに近づく。

彼のもとまであと数メートルまで近づいたその瞬間、突如上空より一人の人物がルイシャとウラカンの間に降り立ち割って入る。

突然の事態にルイシャは立ち止まり、拳を構える。正直もう体力の限界だがここでウラカンを逃すわけにはいかない。ルイシャは細心の注意を払いながら現れた人物を注視する。

(なんだこの人の体。いったい何て種族なんだ……!?)

その人物は一言で形容すると手足の生えた卵のような体形をしていた。

まん丸の胴体にはその体形にフィットする黒いスーツを装着しており、手には長く黒い杖《つえ》を携えている。そしてその顔には丸眼鏡と細長いシルクハットを付けている。鼻は悪魔の様に長く耳も尖《とが》っている。

明らかに人間の見た目では無い。ルイシャはこの人物が魔族か、もしくはそれに近い亜人種なのかと推測する。

「……あなたはいったい誰ですか? もしそこに転がってる人の味方だと言うのなら……容赦しません」

ルイシャはそう言って突如現れた人物を睨《にら》みつけるが、その内心は穏やかではなかった。

なぜならその謎の人物からはとてつもない量の魔力が放たれていたからだ。テスタロッサ程ではないが、それに近いと言えるほどの魔力。

魔族の中で優秀なウラカンと言えど、この人物には遠く及ばないだろう。

万全の状態でも勝てるか分からない相手、しかしここで引くわけにはいかない。

覚悟を決めるルイシャ。しかしその謎の人物はルイシャを見ると、敵対するどころかシルクハットを外し丁寧に一礼してくる。

「初めまして。私は魔王国宰相『ポルトフィーノ・カブリオーネ』と申します。突然の乱入、ご容赦ください」

ポルトフィーノと名乗った人物がそう自己紹介すると、今まで離れたところにいたアイリスが急いでルイシャの横に走って来る。

そしてポルトフィーノに向かい緊張した様子で口を開く。

「お、お久しぶりです、ポルトフィーノ様」

アイリスを見たポルトフィーノは少し考える素振りを見せると、彼女を思い出したのか手をポンと叩《たた》く。

「ああ、誰かと思えばヴァンヘイルのところの娘さんでしたか。名前は確かアイリス……でしたね。あの時よりだいぶ大きくなっていたので気づきませんでしたよ」

「お、覚えていただいていて光栄です」

そう答えるアイリスの声は微《かす》かに震えている。

普段は強気な彼女がここまで怯《おび》えるなど滅多にない。ルイシャは目の前の人物の危険度を上げる。

「ポルトフィーノさん。あなたの後ろに転がっているその人は僕の大切な人を傷つけ、更にこの街を滅ぼそうとしました。あなたがその人とどんな関係かは知りませんが、その人を庇《かば》うのでしたら……容赦しません」

「ふむ……」

ルイシャの言葉を聞いたポルトフィーノは顎に手を当てて少し考えるそぶりを見せた後、地面を転がるウラカンに目を移す。

するとウラカンは泣きつく様な表情を浮かべ「た、助けてくれ……」とポルトフィーノに懇願する。

その様を見たポルトフィーノは「はあ」と短くため息を吐くと、持っていた杖を突然ウラカンの背中に思い切り突き立て、ゴキリと音を鳴らしてその背骨を容赦なく粉砕する。

「～～～ッ!!」

そのあまりの痛みにウラカンは声にならない声を上げた後、パタリと意識を失う。

それを確認したポルトフィーノはゆっくりとルイシャのもとに近づくと、金色に輝く左眼《め》を至近距離で覗《のぞ》き込む。

「あ、あの」

「ふむ、なるほど……」

しばしジロジロとルイシャの瞳を観察した彼は、満足したように頷《うなず》くと、いきなりルイシャのもとにひざまずく。

「その瞳、間違いなく魔王の瞳《サタンズ・アイ》でございます。魔王国宰相ポルトフィーノ、新たなる魔王

であらせられる貴方様《あなたさま》に、絶対の忠誠をお捧《ささ》げいたします」

「…………へ？」

突然の事態にルイシャはそう気の抜けた言葉を言うことしか出来なかった。

「えっと……どういうことですか？」

唐突なポルトフィーノの服従宣言にルイシャは当然の如《ごと》く困惑する。

それに気づいたポルトフィーノは立ち上がりルイシャに説明する。

「ウラカンが関所を越えたと報告を受け、私はすぐさま奴《やつ》を捜し始めました。しかしウラカンらが関所を越えた後どこに向かったかは誰も知らず、私は自分の能力でウラカンを捜すことにしました」

そう言ってポルトフィーノは丸眼鏡の下の自身の瞳を指差す。その瞳にはルイシャやアイリスの瞳と同じく六芒星《ろくぼうせい》の紋様が刻まれていた。

「これは『遠視《えんし》の魔眼』と言う代物です。その名の通りこの魔眼は魔力の流れだけでなく、遠くの景色をも見ることが出来ます。もちろんその距離には限度がありますし消費する魔力も相応に大きいですけどね」

魔眼には様々な種類がある。ルイシャはテスタロッサからそう教わっていた。

魔力の流れが見えるのは魔眼の基礎能力であり、それとは別の能力を併せ持つ魔眼がいくつも存在するのだ。

もっとも魔眼は珍しく、その能力を使いこなせるのは余程の実力者か希少種族しかいないのだが。

「しかしこの魔眼を以《もっ》てしても捜索は難航しました。しかし昨日の昼ごろ、ようやく私はウラカンらがここ王都にいることを突き止め飛んで来たのです。そして飛びながら貴方様の戦いも拝見していました。その瞳だけでなく魔煌閃《サタンズ・レイ》を使うところもばっちり見させていただきました。ゆえに貴方様こそ魔王の力を引き継ぎし存在だと確信した次第でございます」

「そ、そうなんですね……」

まさか見られているとは思わなかったルイシャは焦る。

どうすればこの場を切り抜けられるのかを考えるが名案は出なかった。

「私の魔眼にはしっかりと貴方様の中に流れるテスタロッサ様の魔力が視《み》えます。事情は分かりませんが貴方様がテスタロッサ様の力を受け継いでいるという事は分かります」

そう言ってポルトフィーノはその長い腕でがっしりとルイシャの腕をつかむと、凄《すご》みのある笑みを浮かべながらこう言った。

「さ、邪魔者もいなくなりましたし魔王国へ行きましょう。新しい魔王の誕生に我が魔王国の国民も大いに喜ぶでしょう」

「え、いや、でも」

魔王国の当主になる気はないルイシャはポルトフィーノの手を振り払おうとするが、彼の細い腕に込められた力は凄《すさ》まじく、解くことが出来なかった。

「私には見えます。若が国民を率い、魔王国を繁栄へと導く姿が！　さあ若、共に魔王国へ参りましょうぞ！」

すっかりその気になっているポルトフィーノはルイシャのことを『若』と呼んでいる。

舞い上がっている彼に水を差してしまうことに若干の申し訳なさを感じつつも、ルイシャは大声を出して彼の注意を引くことにする。

「あ、あの！　今は怪我人《けがにん》の手当てをしてもいいですか!?」

ルイシャはシャロとアイリス、そしてウラカンの部下にやられたアイリスの仲間の二人を指してそう言ったのだった。

◇　◇　◇

その後ルイシャたちは怪我人を王城に運び入れた。

幸い全員命に別状はなく、シャロとアイリスは軽く処置をしただけで済み、アイリスの仲間である二人の吸血鬼も二、三日休めば元気になると王城勤務の医師に言われた。

ルイシャのクラスメイトたちも皆疲れてはいたが大きな怪我はしていなかった。彼らはルイシャと同じく王城の一室に集められ、無事ルイシャと再会を果たしたのだった。

「大将！　お疲れ様です！　ご活躍は聞きましたよ！」

部屋に入ったルイシャのもとへヴォルフがいの一番に駆け寄り話しかけて来る。彼の尻尾は右に左に大忙しだ、よほど会えて嬉《うれ》しいのだろう。

「ヴォルフこそお疲れ様、頑張ってくれたみたいだね。みんなもありがとう。勝てたのはみんなのおかげだよ」

ルイシャの言葉にクラスメイトたちは恥ずかしげに、だけどどこか誇らしげに鼻を擦《こす》る。

グレートホースを抑え込んだヴォルフ、王城を囲む結界に気づき王子を捜し出したチシャとバーンとカザハ、王城に乗り込み王に危機を伝えたユーリとイブキ。そしてここにはいないが冒険者を仲間に引き入れたジャッカルの面々。

彼らの内誰か一人でも欠けていたら完全勝利は無かっただろう。それをよく理解しているルイシャは頼りになるクラスメイトたちに頭を下げる。

「おいおいルイシャ、なに頭下げてんだよ。一番活躍したのはお前だろ？」

「そーだよ、悪いのは魔族の奴らなんだからさ、ルイシャが頭を下げる必要はないよ」

バーンの言葉にチシャがそう乗っかる。

まるでいつもの教室のような光景に思わずルイシャは「ぷっ」と笑ってしまう。

そんな風に和やかな感じで話しているとガチャリと扉が開き二人の人物が入ってくる。

「どうやらすっかり元気なようだね。全く君たちの元気さには感服するよ」

そう言って入ったきたのは王子のユーリだった。後ろにはいつものように従者のイブキもいる。

「もー王子ったら素直じゃないんすからぁ。本当はみんなが無事で嬉しいくせにぃ」

「言葉が過ぎるぞイブキ、僕がいつそんなこと言った」

「ぷぷ、王子が何考えてるかなんてお見通しっすよ。何年一緒にいると思ってんすか」

ユーリは苛《いら》ついたような、しかしどこか恥ずかしそうな様子でイブキを怒る。しかし彼はケラケラ笑い全然聞いていなかった。

そんな彼を見て説教するのを諦めたユーリはルイシャたちの方に向き直ると、「おほん」と前置きをして話し始める。

「まずはありがとう。君たちのおかげでこの王都は救われた。この国の王子として礼を言わせて貰《もら》う」

そう言ってユーリは深く頭を下げる。

そんな彼の様子にクラスメイトたちは恥ずかしそうに鼻を擦ったり、笑ったりする。

「そして疲れているところ悪いが今から大広間に来て欲しい。父上からみんなに話があるそうなんだ」

「ユーリの父上ってぇと……国王様か!?　おいおい俺たちがそんな事していいのかよ!?」

バーンの言葉に他のクラスメイトたちもうんうんと頷く。それほどまでに王様と直々に顔を合わせることは滅多にない事であり、とても名誉なことなのだ。

突然の事態に浮き足立つルイシャのクラスメイトたち。そんな中獣人であるヴォルフだけは少し複雑そうな顔をしていた。

「ヴォルフ？　どうしたの？」

「あ、ああすまねえ大将。悪《わり》いが今回、俺はパスさせていただきやす」

「……そっか。分かった」

ルイシャはヴォルフの気持ちを汲《く》み取り、それを了解する。

ヴォルフは獣人だ。彼は今まで王国領土内で何度も差別的行為を受けてきた。

いくら今の王が差別反対派といえどもその胸中は複雑だろう。

「別に今の王様に怒ってるわけじゃねえんだけどな。ユーリの親御さんだしよ。だが割り切れねえ思いってのも確かにある。だから今回は遠慮しておきますぜ」

「うん。じゃあここで待っててね」

「はい」とどこか複雑な笑みを浮かべながら答えるヴォルフを一人残し、ルイシャたちはユーリの後をついて行くのだった。

◇　◇　◇

ユーリに連れられルイシャたちがやって来たのは王城の大広間だった。

そこはつい先ほどまで騎士団長エッケルと魔王国大臣グランツが戦っていたせいで、所々が焦げたり砕けたりしてしまっていた。ルイシャはそれを見ながらこれは直すの大変だろうなあ、と呑気《のんき》に思っていた。

しかしそんな状況においても国王フロイは堂々とした振る舞いで王の椅子に腰をかけていた。その気品あふれる様はまるでこの焦げた状態こそがこの広間の正しい姿なのではないかと思わせるほどだ。

ルイシャたちはフロイ王の前に横一列に並ぶと、その場に膝をつこうとする。

しかしフロイ王は「よい」とそれを止める。

「膝をつかずともよい。この王都、いや王国を守ってくれた英雄たちにそのような事をさせるわけにはいかない」

王のその言葉にルイシャたちは照れ、顔を赤らめながら頭をポリポリとかく。まさか一国の王から英雄と呼ばれる日が来るとは思っていなかった。

「おい、堂々としてくれ」

緩み切った顔をするクラスメイト《クラスメイト》をユーリは窘《たしな》める。

しかしそんな彼も口元は僅かに緩んでいる。彼も自分の仲間が褒められて嬉しいのだ。

「さて、まずはこの国のため戦ってくれたことに礼を言わせて欲しい。本当にありがとう。君たちのおかげで王都は大きな被害もなく、魔族を撃退することが出来た。報告によると王国領土内の村が一つ、壊滅してしまったようだが……君たちがいなければ王都もそうなっていたかもしれない」

複雑そうな顔を見せるフロイ王。王国の領土は広い。その全てを守り切ることなど不可能であるのだが、易々《やすやす》と侵攻を許してしまった彼の胸中は穏やかではない。

もっと強い国になっていればそもそもウラカンに狙われることは無かったのではないか。そう思ってしまう。

しかし今後悔しても仕方がない。フロイ王は頭を振ってその事を一旦頭の中から追い出すと、ルイシャたちの後ろに立つ人物に視線を移す。

「してポルトフィーノ殿、今回王都が受けた損害は魔王国に請求してもよろしいのですかな」

「ええ、もちろん魔王国で負担させていただきます。いくら一人の馬鹿の独断で起きた事とはいえ、これは身内の不始末。まずは奴の一家全ての私財を差し押さえ、それでも足りなければ私の私財も用いて弁償させていただきます」

その代わり。そう付け加えてポルトフィーノはウラカンたちの身柄を引き渡すことを求めた。

どうやらウラカンも何者かに唆されて今回の犯行に及んだ可能性があるらしい。今後同じような事を起こさないためにもその人物を見つけることは急務。なのでポルトフィーノはそれを聞き出すために身柄の返還を求めたのだ。

「王都で身柄を預かっても持て余すでしょう。彼らの処分はお任せします。しかしその者の正体が判明したら教えていただきたい。王国を狙っているのであれば何か対策を講じなければなりません」

「ええもちろんですとも。これからは密に連絡を取り合える関係になれるといいですね」

表面上は穏やかに、しかしその裏ではお互いを牽制《けんせい》し合い二人の話は終わった。

ちなみにルイシャは魔王国には行けないことをポルトフィーノに伝えたのだが、彼はまだ諦めていない様子だった。そもそも自分がなぜ魔王の力を受け継いでいるのかを説明できていない。隠し通すのももう限界なのかな、とルイシャは思い始めていた。

「……」

ルイシャはチラリと自分の隣に立つシャロに視線を移す。

彼女はまっすぐフロイ王の方を見ている。その表情はいつもより険しい。

（……やっぱりちゃんと説明しなきゃだよね）

一連の流れでシャロにはルイシャが魔王の力を持っていることはバレてしまっている。

魔王は自分の祖先である勇者が討伐した存在、その力をルイシャが持っていることはシャロに大きなショックを与えたのだろうとルイシャは考えた。

そもそも今回の事件も自分のことを話していれば話はここまで拗《こじ》れなかったかもしれない。魔王国に自分のことを言っていればウラカンのような者は現れなかったかもしれない、ユーリや王様に話していれば魔族が来た時点で自分のことを頼ってくれていたかもしれない。

全部たらればの話ではあるが、もし今回王都を防衛出来ていなければこの事を深く後悔していただろう。

最初は隠し通すつもりだった。でも僕は、この国や友達たちと深く関わりすぎた。好きになりすぎてしまった。

ならばこっちも覚悟を決めなきゃいけない。ルイシャは全てを話すと心に決めた。

しかしそれは今ではない。さすがにバーンやチシャたち普通のクラスメイトに話すわけにはいかない。それは彼らを信用していないからではなく無用なトラブルに巻き込まないためのルイシャの配慮だった。

「さて、君たちにはそれ相応のお礼をしたいところだが、今は疲れているだろうからその件は後にしよう。食事を作らせているからまずは食べて英気を養うといい」

お城で食事が食べられると知り、バーンを筆頭にクラスメイトたちは沸き立つ。

しかしルイシャとシャロだけは複雑な表情のままであった。

◇　◇　◇

王城会食の間。

来賓者と共に食事をする時に使用されるその広い部屋には、純白のテーブルクロスがかけられたとても長い机が中央に鎮座している。

机の形は長方形であり、その長い辺にルイシャたちが向かい合うように座り、入り口から最も離れたところの短い辺にフロイ王とユーリ王子が座っていた。そして彼らの従者であるエッケルとイブキは彼らの後ろに控えるように立っている。

「さ、遠慮せず食べてくれ。城のシェフたちが腕によりをかけて作ってくれた」

フロイ王のその言葉と共に次々と豪勢な食事が机の上に並んでいく。

肉汁滴《したた》るレッドワイバーンのステーキ、キラキラと光り輝く宝石蟹《がに》の丸揚げ、世にも珍しい青色の酒『蒼輝麦酒《サファイアビール》』などなど平民では目にすることも出来ないものばかりだ。

「すっげえ！　こんな豪華な食事初めてだぜ！」

「ちょっとバーンお行儀悪いよ！　王様の前なんだからもうちょっときちんとしなよ」

身を乗り出してははしゃぐバーンをそう窘めるチシャだが、彼も口から涎《よだれ》が少し垂れてしまっている。

一方虫使いの少女カザハは「この宝石蟹、売ったらいくらになるんやろか……殻くらいなら持って帰ってもええかなあ」と目を輝かせて宝石蟹を見つめている。

そんな風に浮き立つ彼らを見てフロイ王は微笑《ほほえ》む。こんなに賑《にぎ》やかな食事は久しぶりだった。

王は手元に置かれた葡萄酒《ぶどうしゅ》の入ったグラスを持ち上げ口を開く。

「では王国の英雄たちに……」

「「「乾杯!!」」」

英雄たちはグラスをぶつけ合い、そう叫んだのだった。

◇　◇　◇

ルイシャたちは育ち盛りの年頃である。

全員大人顔負けの量を胃袋に収めているのだが……。

「もぐもぐむしゃむしゃがつがつ」

その中でもルイシャは常識外れの量を食べていた。

食事が始まってまだ十分ほどだと言うのに彼の前には大量の皿が積み上がっている。

ルイシャの肉体には無限牢獄《ろうごく》で溜《た》まった大量の経験値が眠っている。それを肉体に反映するには大量のカロリーが必要なのだ。なので彼は常日頃大量の食事を摂《と》っている。しかもつい先ほどルイシャは魔眼の力に目覚めている、そのせいでいつもより大量のカロリーが必要なのだ。

「うーん、今日はあまり食が進まないなあ」

「いや十分食ってますぜ!?」

食事ということで合流し、ルイシャの正面に座っているヴォルフの鋭いツッコミがルイシャに突き刺さる。

色々考えごとをしていたルイシャは本当にいつもより食欲が湧いていなかったのだが、傍《はた》から見たらそうは見えなかった。

「ルイシャ様、お口を汚してますよ、今拭きますね」

「ふぉふぉふぉふぉ、若は元気ですなあ。これは強く育ちますよ」

そんなルイシャの両隣にはアイリスとポルトフィーノの魔族コンビが座っている。二人ともガツガツと料理を貪るルイシャを見てニコニコと嬉《うれ》しそうにしている。

「もごご、もっごごごご?（二人は、食べなくてもいいの?）」

「私たちのことは心配しなくても大丈夫ですよ。こうして見ている方が幸せですから」

口に物を詰め込みながら話すルイシャと普通に話すアイリスを見てクラスメイトたちは（なんで言ってる事が分かるんだ……）と少し引く。

一方ポルトフィーノはそんなアイリスを見て「やりますねアイリス。私ももっと精進せねば……」と謎の対抗意識を燃やしていた。

そんな風に賑やかに食事を楽しむルイシャの目の前にドカン！　と音を立てて巨大な牛の丸焼きのような物が置かれる。

「ガハハ！　食ってるか坊主たち！」

豪快な笑い声をあげながらそう喋《しゃべ》りかけてきたのは牛の獣人だった。二メートルを超す背丈と筋骨隆々の肉体にエプロンを着込んだ姿が特徴的な人物だった。

「俺はここの料理長マグナ・マクミランってんだ。そのギガントバッファローの丸焼きは俺のサービスだ、遠慮せず食ってくれ」

「もぐもぐ……ごくん。これも食べていいんですか!?　ありがとうございます!!」

ルイシャは目の前に現れたご馳走《ちそう》を見て目を輝かせると一心不乱に食らいつく。するとバーンも「ずるいぞルイシャ！」と食らいつき、ヴォルフも「加勢します大将！」と食らいついてくる。

「はは、元気のいい坊主たちだ。そんなに奪い合わなくてもすぐには無くなら……っても う無い!?」

マグナが喋ってる間にギガントバッファローを丸ごとたいらげた三人は満足そうに「けぷ」と声を出す。

「いいぜ、その喧嘩《けんか》乗ったァ！……坊主たちの腹がはち切れるのが先か食糧庫が尽きるのが先か勝負だ！」

楽しげにそう宣言したマグナは袖をまくりながら調理場に戻っていく。

そんな騒がしい様子を見ながらシャロは自分の顔ほどの大きさのジョッキに入った酒を飲み干しながら呆《あき》れたように呟《つぶや》く。

「はあ、これだから男子は騒がしくて嫌なのよ」

「はは、シャロはんも荒れてまんなぁ」

頬をほんのりと紅潮させて机につっぷしながらグチグチと文句を言うシャロを、カザハは困った様子で宥《なだ》める。

シャロの前には空のジョッキが山積みになっている。既に相当な量のお酒を飲んでいるようだ。

「ばか、ルイシャのばか」

(ひょ、ひょえ〜！　いったい何があったんやろか？　なんでウチがシャロはんを宥めなあかんの!?　誰か助けて〜!!)

心の中でそう泣き叫ぶカザハ。

こうして三者三様の騒がしい食事会は夜まで続いたのだった……。

◇　◇　◇

「まずは集まっていただいてありがとうございます」

ルイシャはそう言うと目の前の円卓に座っている人たちを見渡す。

自分の左手からシャロ、ヴォルフ、イブキ、ユーリ、フロイ王、騎士団長エッケル、ポルトフィーノ、アイリスの順番で円状に座っている。

食事を済ませた彼らはルイシャに話があると言われ、この部屋に集まった。

中央に円卓が置かれているだけの質素な部屋。この部屋は主《おも》に盗み聞きをされてはいけない内密の話をするための部屋だ。

「机の中央にあるこの青いクリスタルには、あらゆる遠視や盗聴の魔法や魔道具を無効化する効果がある。誰かに聞かれる心配はないだろう」

「ありがとうございます。それじゃあ……話します。大丈夫だと思いますがこれから話すことは他言無用でお願いします」

そう前置き、全員の了承が取れたことでルイシャは話し出す。

内容は魔王のこと、竜王のこと、勇者のこと、そして自分が何をしようとしているのか、だ。

話すと決めた理由は二つ。

一つはシャロへの負い目。

彼女との繋《つな》がりは切っても切り離せないほど深くなっている。いくら彼女を巻き込みたくないとはいえ、隠し通すのにはそろそろ無理があった。それに彼女は勇者の子孫。魔王と竜王とは無関係ではない。知る権利は大いにあるだろう。

そして二つ目が今回のような事件を起こさないため。

話さなかったせいで悲劇が起き、大切な人が傷ついてしまうのをルイシャは強く恐れた。

フロイ王とポルトフィーノに話すべきかはルイシャはとても悩み、ユーリとアイリスに相談した。二人とも話しても決して口外しないだろうということ、フロイ王が魔王が悪人だったという話に懐疑的だという話を聞き、ルイシャは賭けに出た。

もし国の責任者である二人が力になってくれればこの先の戦いはぐっと楽になるだろうとの打算もあった。

ルイシャは慎重に言葉を選びながら、誤解のないよう話した。

話を始めてから三十分ほど経《た》った頃、ようやくルイシャは全て話し終わった。

それを聞いた者たちの反応は、信じられないといった顔をする者、険しい顔をする者、笑みを浮かべる者など様々だった。

そんな中で最初に口を開いたのはフロイ王だった。

「……まさか魔王と竜王が生きているとは、俄《にわ》かに信じ難い話ではあるが……君の話を聞いて合点がいった所もある。過去の文献を読んでいた時、どこにも魔王と竜王が暴君だという記録はなく、むしろ優れた統治者だという記述しか見つからなかった」

　フロイ王は二人の王の悪評が後に勇者を信仰する者によって『創られた』ものだということに気付いていた。しかし今さらそんなことを掘り返しても無用な混乱を招くだけということも分かっていたので、自分の胸にとどめていたのだ。

「勇者が悪人だった……とまでは思わないが、二人の王が封印されたのには事情があったのだと私も思う。封印を解くことを完全には賛同できないが、真相の解明には力を貸そう」

「ありがとうございます、それだけ聞ければ充分過ぎます」

　ルイシャはフロイ王に深く頭を下げると、次は魔王国宰相ポルトフィーノに目を向ける。

「ポルトフィーノさん、あなたには申し訳ないですが僕にはテスね……テスタロッサさんを助ける使命があります。なので魔王国に行くことは出来ません」

　ルイシャは申し訳なさそうに言う。

　なんとかこれで引き下がってくれないかと心の中で祈ると、ポルトフィーノはあっさり
「わかりました」と了承する。

「よかった。わかってくれまし――――」

「つまり、テスタロッサ様を復活させてから、若とテスタロッサ様の二人で華々しく魔王

国に凱旋《がいせん》するということですな！　確かにそれをすれば魔王国の民は大いに歓喜するでしょう！」

「いや、ちが……」

ポルトフィーノの予想の斜め上の反応にルイシャはドン引きする。

これはマズいと訂正を試みるルイシャだが、彼はすっかり自分の世界に入り浸っており話を聞いてはくれなかった。

「まあしばらくは魔王国に来いと言われずには済みそうだからいいか……」

問題を先送りにしたルイシャは、最後にシャロの方に目を向ける。

この話を聞いて彼女がどんな反応をするか。ルイシャはそれが一番想像がつかなかった。

ルイシャの話した物語の中ではシャロの先祖である勇者オーガが悪者だ。オーガを尊敬し目標にしているシャロからしたらルイシャの話は受け入れがたいものだろう。

そんなシャロの顔を覗《のぞ》き見ると、彼女は怒るでも悲しむでもなく真剣な表情をして俯《うつむ》き何かを考えている様子だった。

「シャロ……？」

ルイシャがそう呼びかけるとシャロはルイシャの方をゆっくりと向く。

「えと、あの……」

「……」

なんと声をかけていいか分からずしどろもどろになるルイシャ。いったい彼女は今どんな気持ちなのだろうか？

不安か困惑か、それとも……怒りか。

顔を覗き込みそれを探ろうとするが、彼女は視線を外し目を瞑《つぶ》り何か考え込んでしまいその胸中は計れなかった。しばらくそうしたシャロは、突然無言で席を立つと、部屋から出て行ってしまった。

「「「…………」」」

無言になる一同。

静寂がルイシャの肩に重くのしかかる。

「それじゃ……一旦解散にしましょうか」

耐えきれず助け船を出したユーリのその言葉により、この秘密の話し合いはひとまず終了するのだった。

話が終わり、用がなくなった者が部屋から出ていく。

部屋に残ったのは五人。フロイ王と息子のユーリと護衛のエッケルとイブキ、そして魔王国宰相ポルトフィーノだ。

「楽しいお話でしたなフロイ王。さて、目的も全て済んだことですし私は魔王国に帰らせていただきます。流石《さすが》に私一人では拘留している魔族を全員は連れて帰れないので後で使いの者を寄越《よこ》します。その間だけ彼らの世話をお願いします」

彼は長い足で立ち上がると、帰り支度をし始める。

「もう帰ってしまわれるのですか。ゆっくりしていかれてはどうですか？」

「仕事を色々残したまま飛び出てきたものでしてね、今頃部下たちが泣きながら帰りを待っているでしょう。それに……若のためにも色々準備をしなければなりませんからな」

若。その言葉にフロイ王は眉を顰《ひそ》める。

「差し出がましいですが、彼に何かさせる気でしょうか？　彼を良いように使おうとしているのであれば、看過出来ません」

常人であれば震え上がってしまうほどの気迫でフロイ王はそう問いただす。横にいるユーリは初めて見る父の姿に畏れを抱く。

しかし相手は何百年もの間、魔王国で政治の中枢を担ってきた化け物だ。彼はそんな気迫などものともしていなかった。

「若は将来魔王国を背負って立つお方です。しかしヒト族が上に立つとなったら民の反対は必至。それを解決しようと思っているだけですよ」

「……私には彼がそれを望んでいるようには見えませんでした。そしてそのことに気づかぬ貴方《あなた》ではないはず。もし彼の意思を尊重せず、そのような暴挙に出るのでしたら私は彼の味方をします。この国の恩人として、そして我が王国の善良な一市民として」

そう毅然《きぜん》と言い放つフロイ王。

相手がどんな化け物だろうと臆することなく接する父親の姿にユーリは大きな尊敬の念を抱く。

一方ポルトフィーノはというと真面目な顔をしているフロイ王とは対照的に嗜虐《しぎゃく》的な笑みを浮かべ、こう言い返した。

「ふむ、私を前にしてそこまで言い切れるとはたいした器ですね。王紋《おうもん》を持たぬ仮初の王とは思えない」

ポルトフィーノの言う通り、本来『王』とは王紋の所持者だけが名乗れる身分だ。

しかし王紋保持者が少なかったヒト族には、王紋を持ってなかろうと国の統治者を『王』と呼ぶ風習がいつしか出来ていた。

いくらその人物が弱かろうと、人望がなかろうと、智略《ちりゃく》に長《た》けてなかろうと、王の座を継いだのならばその者は『王』と呼ばれる。

しかし魔族や獣人、その他の亜人種などは王紋を持たぬ者を王とは認めない。

王紋は、その者の強さとカリスマ性を証明する唯一無二のものだからだ。

フロイ王は亜人種からヒト族の王が馬鹿にされているのを知っていた。しかしそれでも自分が王であることへの引け目は感じていなかった。

「確かに私に王紋はありません。しかしそれでもこの国を守り、導くことは出来ます。私を支えてくれる優秀な部下が、そして信頼できる後継もいます」

「後継ですか、耳の痛い話です。確かにこの国は活気に満ち溢《あふ》れており民の顔も明るい。前代の王が愚物だったことを考えるに、これは貴方の手腕の賜物《たまもの》なのでしょう」

ポルトフィーノの賛辞にフロイ王は驚く。彼もまた魔族に対する苦手意識、偏見のようなものが心の奥底にあった。なので魔族が誰かを褒めるということに驚いたのだ。

自分の中にもあった偏見の心を恥じたフロイ王は、魔族に対する認識を改めると、険しい顔を少し緩めポルトフィーノに向ける。

「賛辞の言葉、素直に頂戴します」

「――――ほう」

フロイ王の真《ま》っ直《す》ぐな瞳と言葉にポルトフィーノは感心する。

魔族である自分にそのような瞳を向けられる者は少ない。口には出さないが、彼はフロイ王の評価を上げる。

「いいでしょう。若はしばらく貴方に預けます。執拗《しつよう》な勧誘もいたしません。しかしテスタロッサ様が戻られたその後の行動までは保証出来ませんけどね」

「ええ、構いませんよ。私も彼をこの国に束縛するつもりはありません。彼が彼の意思でそちらにつくのでしたら喜んで送り出しましょう」

「……その言葉ゆめゆめお忘れなきよう。それでは今度こそ失礼する。楽しかったですよフロイ王」

ポルトフィーノはそう言うと一礼してから部屋を出ていく。

「……ふう、流石に疲れたな」

フロイ王はそう言って大きく息を吐くと、冷たい水をあおるように飲む。

体をどっと襲う疲労感。今すぐベッドに横になりたい衝動に駆られる。そんな彼の様子を見たユーリは父親を心配する。

「大丈夫ですか父上、何か持ってきましょうか？」

「……大丈夫だ。それよりユーリ、しっかり先ほどのやり取りを覚えておけ。王になれば恐ろしいものと真正面から向かい合わねばいけない時も必ず来る。そうなった時、先ほど見て聞いた事は必ず役に立つ」

「分かりました。忘れぬよう頭に刻んでおきます」

真剣な面持ちでそう返す息子の姿を見て、フロイ王は柔和な笑みを浮かべる。

この国は大丈夫。彼は強く確信したのだった。

◇　◇　◇

夜も更けた頃、寮に戻るため人通りのない街中をルイシャとアイリスとヴォルフの三人は歩いていた。シャロは話し合いが終わってすぐいなくなってしまったのでそこに姿はない。

　その気まずい空気に耐えかねたヴォルフは隣を歩くルイシャに質問する。

「大将、あんなすげえ話、本当に俺に聞かせてよかったのですか？」

「だってヴォルフはいいって言っても僕を助けようとするでしょ？　だったら遅かれ早かれ知っちゃうだろうしいい機会だと思ったんだ。ヴォルフなら誰にも漏らさないって信用できるしね」

「うう、こんな俺を信用してくださるなんてありがてえ……っ!!」

　ヴォルフは腕で目を覆いおんおん泣き始める。

　人がほとんど通っていないとはいえ、街のど真ん中で男泣きする彼を見てルイシャとアイリスは「はは……」と苦笑いする。

「まあヴォルフは放っておくとしまして、シャロはどうするんですかルイシャ様。このまというわけにもいかないですよね？」

「うん。今まで逃げてたんだ、今度こそしっかり向き合うよ」

　ルイシャはふわふわした桃色の髪がよく似合う彼女のことを考える。

　最初こそ勇者オーガのことを知るために彼女に近づいたが、今ではルイシャの大事な人になっている。彼女のためだったら喜んで命を張る事だってできる。

「また前のように戻れるかはわからないけど、ちゃんと話してくる。誤魔化さずに正面からね」

ルイシャの言葉に二人は静かに笑い、うなずく。

「頼むぜ大将、むくれた姉御はおっかねえからちゃんと機嫌とってくれよ」

「応援してます、頑張ってくださいね」

「うん、ありがとう二人とも」

二人に背中を押され、ルイシャは覚悟を固めるのだった。

◇　◇　◇

月が夜を支配する時刻。

ヴォルフとアイリスと別れたルイシャは白室のベッドの上に座っていた。

「どうやって会おうかな……」

シャロと話す覚悟こそしたが、どうやって彼女に会うか決めかねていた。

おそらく寮にいるのだとは思うが、いきなり部屋に訪れていいものなのかと逡巡《しゅんじゅん》していた。

しばらくそうしていると、突然窓から小さな玉のような物が部屋の中に入ってきて、ルイシャの視線がそちらに移る。

「……へ？　いったいなんだろう」

窓から外を見てみるが誰もいない。

仕方なく部屋の中に入ってきた小さな白いそれを拾い上げてみる。

「これは……紙？」

ルイシャの部屋に入ってきたのは丸められた紙だった。それを広げてみるとそこには文字が書かれていた。

「ええとなになに……『屋上で待ってる』だって？　も、もしかしてこれって……！」

それを見たルイシャは急いで窓から外に出ると、寮の壁面を駆け上がり屋上を目指す。

気功歩行術『地掴《ちかく》』。この技は足裏に纏《まと》った気功で地面を摑《つか》む技だ。凍った地面などの悪路を物ともせず歩き、壁面を歩いて登ることが出来るようになるのだ。

この技の力で一気に寮の屋上まで駆け上がったルイシャは、そこで自分を待っていた人物を見つける。

「……お待たせ」

ルイシャの声に反応し、桃色の髪を揺らしながらその人物は振り返る。

「待ってたわよルイシャ。それじゃ話しましょうか、私たちの今後について」

そう口にしたシャロの顔はとても穏やかであり、怒った様子は見られなかった。

きっと彼女は自分と今後どう付き合うか決断したのだろう、とルイシャは考えた。その結論はわからないけど、それをしっかり受け止めよう。彼はそう決めていた。

決めていた……が、いざその時となると言葉が出てこなかった。情けない話、彼女と別れたくない、友人としても、恋人としても。それほどまでに彼女の存在はルイシャにとって大きくて代え難いものになっていた。

そんな彼の様子を見たシャロは呆《あき》れたような表情で口を開く。

「なによそんなしけたツラしちゃって。これじゃ私が悪者みたいじゃない」

「……ごめん」

再び訪れる沈黙。

それに耐えかねたシャロは屋上の柵のそばまで来ると、柵に腕をのせ前向きに寄っかかる。

「ほら、あんたもこっち来なさい」

そう言ってポンポンと自分の隣を叩《たた》く。

ルイシャは少し戸惑った後、シャロの言葉に従い彼女の横に行き柵にもたれ掛かる。

二人の目の前に広がるのは広大な王都の街並み。月明かりに照らされたその街並みはいつも明るい時に見る街並みとはまた違う、不思議な魅力があった。

そんな光景を二人で眺めながらシャロはゆっくりと口を開く。

「ルイの話を聞いてから、いや聞きながらずっと考えていたの。私はどうするべきなんだろう、って」

ルイシャは街並みから彼女に視線を移す。月明かりに照らされる彼女の横顔はとても綺《き》麗《れい》だった。

「勇者の子孫としての立場だったら、ルイのやろうとしていることは止めなきゃいけないんだと思う。ご先祖様が封印した魔王と竜王を復活させるなんてあってはいけないことだから」

「うん……」

シャロの言葉を聞き、ルイシャは静かに頷《うなず》く。

彼女の言うことは至極真っ当な事であり、反論の余地はない。

ルイシャは魔王と竜王が善良な人物だと知っているが、ヒト族の間では二人とも極悪な人物だと語り継がれている。

そんな二人を復活させるなどという蛮行、勇者の子孫であり、その意志を継ぐ彼女が許せるはずがない。

しかし……彼女の口から出たのは意外な言葉だった。

「そう、普通ならそんな事あっちゃいけない……分かってる。でもね、よく考えたの。私の尊敬するご先祖様と……あんた。どっちを信じるべきなんだろうって。そうしたらね、ふふ、勝っちゃった、あんたが」

「……へ？」

シャロの思いもよらぬ言葉にルイシャは驚く。

一方シャロは恥ずかしそうに頬を赤くさせ、言葉を続ける。

「私のご先祖様、勇者オーガが凄《すご》い人物だったのは間違い無いと思うし、それを疑ってはいない。でも私は、ルイを信じたいと思ったの。たとえ百人が百人勇者を信じるべきだと言ってもこの考えは変わらない。私はルイを信じる。なにがあってもなんと言われようと、ね」

「シャロ……！」

目頭が熱くなる。

こんなにも、こんなにも信じて貰《もら》えていたなんて。ルイシャは胸の奥がじんと熱くなっていくのを感じる。

「あら、泣いてるの？　まったく泣き虫なんだから」

「……泣いてない」

うわずった声で返事をする彼を見てシャロは楽しげに笑う。そして大きく腕を広げルイシャの方に向ける。

「ほら、おいで」

シャロに促されるまま、ルイシャは彼女の胸の中に体を預ける。シャロはルイシャを優しく抱きしめると、まるで赤子をあやす母親のようにその頭を優しくなでる。

「まったく、私があんたを嫌うとでも思ってたの？　私はそんなに薄情じゃないわよ？」

「……うん、それは分かってる。でももしもそうなったらと思うと不安だったんだ。覚悟を決めたつもりだったんだけどいざシャロと会ったら怖くて……」

弱音を吐くルイシャをシャロは強く抱きしめる。花のように甘い彼女の匂いがルイシャの鼻腔《びこう》をくすぐり、彼の緊張は解けていく。

しばらくそうして抱きしめた後、シャロは腕を広げてルイシャを解放する。少し名残惜しそうにしながらもルイシャはシャロの胸の中から離れる。

「ふふ、少しは落ち着いた？」

「うん……ありがとう。それとこれからもよろしくね」

ルイシャの言葉に、シャロは満面の笑みを浮かべながら答える。

「ひひ、しょうがないわね」

彼女の笑みを見たルイシャは敵《かな》わないな、と思うのであった。

◇　◇　◇

しばし夜風に当たりながら王都を眺める二人。沈黙が続くが不思議と心地よい沈黙だった。

何分そうしていただろうか。すっかりルイシャも落ち着いたところでシャロが口を開く。

「ねえルイ、ちょっとついてきて欲しいんだけど」

「へ？　う、うん。わかった」

ルイシャがそう言うと、シャロは屋上からぴょんと飛び降りて地面に着地すると、歩き出す。ルイシャもそれについて行く。

そしてしばらくすると二人は魔法学園の女子寮にたどり着く。そして案の定ルイシャはシャロの部屋にお呼ばれする。

するとそこには思いもよらぬ人物がいた。

「こんばんはルイシャ様。月が明るいよい夜ですね」

そう言って優しい笑みでルイシャを迎え入れたのはバスローブを身にまとった姿のアイリスだった。

ここはシャロの部屋のはず、いったい彼女がなぜここに？　困惑するルイシャにシャロが説明する。

「安心しなさい、アイリスは私が呼んだの」

「あ、そうなんだ。それなら安心……だけど、いったいどうして？　二人の仲って良くなかったよね？」

「まあね。細かいことは省くけど色々あって仲良くなったのよ。ま、元々アイリスが勝手に私を嫌ってただけなんだけどね」

「……その件は申し訳なかったと何度も謝ってるじゃないですか」

ぷく、と頬を小さく膨らませてアイリスは怒る。彼女がルイシャ以外にこんな態度を取るのは珍しい。

「ごめんごめん、ちょっとからかっただけだからそんなに怒らないでよ、ね？」

「つーん」

仲良さそうにやり取りする二人を見てルイシャは衝撃を受ける。つい先日までほぼ口も利いていなかった二人がこんなに仲良くなってるなんて。

「とにかく！　仲良くなった私たちはついさっきまで真剣に話してたの。ルイのことについてね」

「僕の……こと？」

突然自分の名前が出てきてルイシャは首を傾《かし》げる。

「ええ。私がルイのことを信じるって話をしたの、そしたらアイリスが『じゃあこれからは二人で支えましょう』って言い出したの」

「シャロが私に負けぬほどルイシャ様に熱い思いを抱いてることをその時知りました。であればやることは一つ」

そう言って立ち上がったアイリスは、身につけたバスローブに手をかける。

「な……！」

月明かりが部屋を照らす中、二人は身にまとった服を脱ぎだす。

服の下から現れたのはほぼ裸と言っていいほど露出度の高い下着だった。その下着は彼女たち二人の見事なプロポーションを更に際立たせ、ルイシャは顔を真っ赤にし食い入るように見てしまう。

二人は硬直するルイシャを挟むように立つと、彼の腕と自分の腕を絡ませ、少女のものとは思えないほど実った体を押しつける。

「ちょ、二人ともどうしたの……!?」

「二人でルイを支えるって言ったでしょ？　つまり……そういうこと。こんな超美少女が二人も相手してあげるんだから感謝しなさいよねっ」

「さあお力を抜いてくださいルイシャ様。今日はとても疲れたでしょうから全力で癒やさせていただきますね……」

ルイシャの耳元でささやくように喋《しゃべ》る二人。両隣から甘い匂いが運ばれてきてルイシャの鼻腔を甘くくすぐる。

理性が音を立てて決壊しそうになるのを感じる。しかしルイシャは歯を食いしばり、必死に堪える。

「ねえ、こっち来て」

シャロに腕を引っ張られベッドに腰をかける。両腕はいまだ二人にがっちりとホールドされている。逃げることなど出来ない。

「ねえ、やっぱりこんなことよくないんじゃ……」

「へえ、じゃあルイは私たちにここまでさせて何もしないんで帰るんだ？　寂しいわねアイリス」

「しくしく……寂しいです」

見るからに演技な泣き真似《まね》をするアイリス。確かにここまでしてもらって帰る方が失礼だ。

「本当に、いいんだね……？」

その言葉に二人の少女は黙って首を縦に振り、答える。

正直に言うとルイシャももう我慢の限界だった。今すぐに襲いかかってその唇を奪ってしまいたい。今ここに至るまではその衝動を理性の鎖で縛り上げていたが、ルイシャはそれを緩め始める。

「ふふ、もう我慢できないって顔ね。いいのよ、来ても」

そう言ってシャロは目を閉じると小さくてかわいいくちびるを前に突き出す。それを見たルイシャの理性の鎖はブチンと千切れる。

「シャロ……っ！」

彼女の細い腰に手を回したルイシャは、その体を引き寄せると彼女の桃色の唇に自分のそれを重ねる。

「ん……」

二人はタガが外れたように激しく唇を重ねたあと、名残惜しむようにそれを離し熱い視線をぶつけ合う。

そんな二人のラブラブな様子をアイリスは隣で「じー」と見ていた。

「シャロだけずるいです」

「ご、ごめん。つい」

「罰としてシャロよりもたくさん愛してくださいね」

「……アイリスもだいぶ素直に要求するようになったよね」

少し呆《あき》れたような、でもどこか嬉《うれ》しそうな様子でそう言ったルイシャは、彼女の要望通り激しいキスをする。

「んちゅ、んむっ……♡」

頬を紅潮させ、幸せそうな顔をしながらアイリスはルイシャと何度も何度もキスを重ねる。途中シャロが今度はこっちの番だとルイシャの顔を振り向かせようとするが、アイリスが彼の舌をしっかりと絡め取りそれを許さなかった。

「ぷは、まだまだ足りません……♡　もっと、もっと愛してください……っ♡」

「ちょっといい加減にしなさいよ！　あんた一人でやってんじゃないのよ！」

ドン！　とアイリスを押して体を無理やり離したシャロは、こいつは私のものだと言わんばかりにルイシャの膝の上に乗る。ルイシャと向かい合うように座った彼女は挑発的な笑みを向けると、自らの手をルイシャの首に回す。

「逃げようったってそうはいかないわよ……♡」

余裕ぶってドヤ顔をする彼女だが、その顔は恥ずかしさを隠しきれていない。ルイシャはそんな彼女がたまらなく愛《いと》しく思えてしまう。

「逃げようとなんて思ってないよ」

そう言ってルイシャは彼女の腰に再び手を回すと強く自分のもとに引き寄せ体を密着させる。

「シャロと別れるかもしれないと思った時、すごく悲しかった。だからもう離さない。逃がさないのはこっちのセリフだよ」

「────っ！」

珍しく攻め気の強いルイシャにシャロはドギマギする。

強気で、優しくて、照れ屋で。そんな彼女のことをルイシャは愛しく感じ、彼女のふわふわの髪の毛を優しくなでてしまう。

「シャロ、かわいい……」

「か、かわ!?」

あまり甘い言葉をかけることのないルイシャにストレートな好意をぶつけられ、シャロは動揺する。今まで彼がそのようなことを言わなかったのはひとえに恥ずかしかったからなのだが、今は特殊な状況のせいでルイシャのブレーキはぶっ壊れてしまっていた。

「顔真っ赤にしちゃってかわいい……あ、隠さないでよ」

「い、いや。恥ずかしいから見ないでっ」

両手で顔を覆い、表情を見られまいとするシャロ。ルイシャはその手をどかそうとするが、ガードが強固で中々外れない。

無理やり外すのを諦めたルイシャは別の手段に出る。

「……わかったよ。じゃあ僕の好きにさせて貰《もら》うね」

そう言ってルイシャはシャロをベッドの上に押し倒し、強引に体を重ね合わせてしまう。

「ん！♡♡　んんんん～～～!!♡♡♡」

体に襲いかかる強烈な快感に耐えきれず、シャロは押さえた手の隙間から甘い叫び声を出す。体は細かく痙攣《けいれん》し、足はピンと伸びてしまっている。

しかしそんな状況になってもルイシャは攻め手を一切緩めなかった。

「んんっ♡　やめっ♡　しんじゃう♡　しんじゃうからぁっ♡」

必死に止めるよう懇願するシャロの言葉を無視し、ルイシャは彼女を執拗に攻め立てる。

二度とこの手から離れないよう、どれだけ自分が彼女のことを愛しているかをその身に刻み込む。

　そして力の緩んだ腕を摑《つか》むとそれを無理やり顔から引き離し、隠していた顔を無理やりオープンにする。

「うぅ……ひどい……♡」

　手の下から現れたのは今まで見たことがないほど紅潮した顔だった。瞳は潤み、髪は乱れ、とても色っぽい表情をしている。

　それを見てルイシャはゴクリと喉を鳴らす。

「か、かわいい」

「かわいい、ですね」

「うわっ、びっくりした」

　急に現れルイシャに同調したのは、シャロに突き飛ばされ戦線離脱していたアイリスだった。

「いつもは強気な顔がすっかり緩みきってしまっていますね。女の私でも嗜虐《しぎゃく》心《しん》をそそられます、殿方が見れば理性を失ってしまうのも無理はありません」

うずうずと体を揺らすアイリス。どうやら彼女もシャロを攻めたいようだ。

「あー……えと……アイリスも一緒にどう？」

ルイシャの問いに、笑みを浮かべながらアイリスは答える。

「喜んで。一緒にシャロを素直にさせてあげましょう」

「わかった、頑張ろうね」

細かいことを考えるのをやめたルイシャは、アイリスと共同戦線を張る。

興奮した様子で自分を見る二人に気づいたシャロは、慌て瞳を潤ませる。

「ちょ、ちょっと嘘《うそ》でしょ……？　ねえ二人がかりなんてほんと無理だからお願いやめて……っ♡」

部屋の中に少女の嬌声《きょうせい》が響き渡る。少年少女の夜は、長い。

閑話　少女と教会と紅蓮の刃

深い森の中にひっそりと存在するとある教会。

参拝者など久しく訪れていないその教会の外観は酷《ひど》く荒れ果てており、外壁はところどころヒビが入り台風でも来たら倒壊してしまいそうなほどだった。

そんな如何《いか》にも怪しい教会の中にあの少女はいた。

「はあ、なんで私がこんな辺鄙《へんぴ》な場所に来なくちゃいけないのよ」

燃え上がるような紅《あか》色の髪に、いかにも気の強そうな鋭い目。

目立たぬよう一般的に防具というのは落ち着いた色にするのだが、彼女の身に纏《まと》った防具は遠くからでも視認できる真っ赤な色だった。きっと防具屋の店員も「本当にこの色でいいの!?」と戸惑ったことだろう。

そんな彼女の名前は「エレナ・バーンウッド」。ルイシャが無限牢獄《ろうごく》に迷い込む原因を作った、彼の最悪の幼馴染《おさななじ》みである。

彼女は目の前で微笑《ほほえ》みを浮かべるスーツ姿の獣人に文句を垂れ流していた。その獣人は柔和な笑みを絶やさず彼女を宥《なだ》める。

「まあまあ良いじゃないですか。ちょうど大きな依頼が終わって手が空いていたのでしょう？」

「ったく、なんで私の予定をアンタが知ってんのよ気持ち悪い。それよりルイシャのこと本当に調べてるんでしょうね？　分かってて黙ってるなら承知しないわよ」

「ええ勿論《もちろん》ですとも。このレギオン、誓って嘘はついていませんとも」

レギオン。以前自らのことを『シープ』と名乗っていた羊の獣人は柔和な笑顔でそう返す。

エレナは勘が鋭く、相手の挙動から嘘をついていないか当てることが出来るのだが、目の前の人物は終始ニコニコとしており感情の起伏が見られないので嘘か本当かわからなかった。

「ちっ、まあいいわ。ていうかそろそろ用件を話しなさいよ」

「安心してください、そろそろ来ると思うので……お、噂《うわさ》をすれば」

教会の扉がギギギ……と音を立てて開く。

教会の中に足を踏み入れてきたのは一人の男だった。歳《とし》は三十代半ばくらいだろうか、手入れの行き届いた革鎧《かわよろい》を身にまとい、手には一振りの剣を握っている。辺りを警戒しながら歩く様は堂に入っており、男が熟練した戦士である事を窺《うかが》わせる。

男はすぐに教会の中にいるエレナに気づくと彼女に剣の切っ先を向ける。そしてエレナの顔を確認して表情を曇らせる。

「その顔、見覚えがある。確か〝紅蓮《ぐれん》〟のエレナとかいったな。飛ぶ鳥を落とす勢いの新人冒険者が、いったいこんな所で何をしている！」

「うっさいわねえ。つーかアンタ誰？」

「俺は銀等級冒険者、〝地殻剣〟のウラドス。この教会がとある邪教を信仰する者たちの密会場所だということを突き止め調査に来た。残念だよ、同業のお前がその組織の一員だったとはな……！」

　一体どういうこと？　とエレナは隣にいるはずのレギオンに目を向けるが、彼はいつの間にかいなくなっていた。

「あんにゃろう、嵌《は》めやがったわね」

　悪態をつきながらエレナはツカツカとウラドスに近づく。

　全く警戒心のないその歩きにウラドスは困惑する。

「で？　どうすんの？　私とヤるの？　私としてはどっちでもいいんだけど」

「ぐっ、舐《な》めやがって……！」

　自分より一回りも年下の少女に馬鹿にされ、ウラドスのプライドは深く傷つく。

　彼は剣を横に構えると、気を剣に込める。発動するは自らの二つ名にもなった剣術『地殻剣』。大地の力を込めたその剣術は攻防共に優れた剣術だと評判だったが……エレナはその剣技を披露する暇すら与えなかった。

「我流剣術、『紅刃一閃《くじんいっせん》』」

魔法の力で超高熱に熱せられた剣による、高速の一閃《いっせん》。

ウラドスはその一撃に反応する事すらできなかった。気づけば目の前にいたはずの少女は後ろにおり、自分の胴体は大きく焼き切られた痕が残っていた。

「ぎ、ぎゃあああああぁっっ!!」

遅れてやって来た火で炙《あぶ》られたような痛みに、ウラドスは悲鳴を上げて床をのたうち回る。

エレナはそんな彼に対し「うっさいわね」と言い捨て、頭部を蹴っ飛ばす。

「ぐぴっ」

頭部を強く蹴られ、意識を失うウラドス。

そんな彼から興味なさそうに視線を外したエレナが前を向くと、そこには壁に寄っかかったレギオンの姿があった。

「いやはや素晴らしい、もはや銀等級冒険者では相手になりませんか」

「アンタ、こんな下らないことやらせるために連れて来たの？　あんまりナメた真似《まね》ばっかしてると容赦しないからね」

エレナはレギオンの首元に剣を押し当て、猛獣の様に鋭い殺気を向ける。

しかしそれでもレギオンはニコニコと笑顔を崩さない。一瞬の動揺すら見せない彼にエレナは得体の知れない気持ち悪さを感じる。

「ふん、まあ今日のところは勘弁してあげるわ。でもこんな事が続く様だったらアンタらとの協力関係は白紙にしてもらうわよ」

「ええ、肝に銘じておきますよ」

エレナはレギオンを睨《にら》みつけながら剣を鞘《さや》に戻すと、舌打ちをしながら教会を去っていく。

レギオンはそんな彼女を見送ったあと、一人残された教会で呟《つぶや》く。

「ふふ、いい具合に育ってますね。それに比べてあの魔族連中と来たら……使えない。もう少し主《あるじ》を楽しませてくれると思ったのですが」

レギオンは自分が手を貸した魔族のことを思い返す。創世教の秘蔵物である『種』を三つも譲ったのにもかかわらず成果を出せなかったことに彼は苛立《いらだ》っていた。

「……もっと頑張らなくてはいけませんね。もっとこの世を混沌《おもしろ》く。それこそが主の望みであり、私の望みなのですから」

彼はそう呟くと、一人闇の中に消えて行くのだった。

エピローグ　魔王の涙

魔族が王都を襲ってから数日経《た》ったある日の夜、ルイシャは無限牢獄の中に入っていた。魔王と竜王に再会し、しばしスキンシップを取った後ルイシャは王都が魔族に襲われた話を二人にすることにした。特にテスタロッサは魔族について知りたいと思っていたはず。彼女自身はルイシャに魔族のことをあまり話さなかった。しかしそれでもたまに魔族のことを話す際には彼女はとても寂しそうな、心配そうな表情を覗《のぞ》かせた。それはともすると気のせいかと思うようなほんの一瞬の機微。

ルイシャですらも三百年間の中で数度だけ感じられた揺らぎだった。

「――――ってことがあったんだ」

丸いテーブルを囲むように座る三人。ルイシャは真剣に聞くテスタロッサとリオに何があったのかを思い出しながら出来るだけ詳細に話した。

話の中には、ポルトフィーノからのテスタロッサに伝えてほしいと言われた内容も含まれていた。要約すると魔王国はポルトフィーノたちの尽力でなんとか平和を保っているとの話だった。我々は魔王様が帰ってくるその日まで、命を賭して魔王国を守り抜くという熱い言葉、それもルイシャは話した。

全ての話を終えたルイシャはチラとテスタロッサを見る。彼女は俯《うつむ》き何かを考えているようで一言も発しなかった。よく見ればその肩は細かく震えている。

いったいどうしたのだろうか。ルイシャが問いただそうとしたその瞬間、彼女は唐突に立ち上がる。

「ちょっとごめんね」

そう言って彼女はその場から立ち去り、彼女が魔法で作り上げた家の中に入っていってしまった。

予想外の事態にルイシャはぽかんとしてしまう。

「……ど、どうしたんだろう。なんかマズいこと言っちゃったかな」

てっきり褒めてもらえると思っていた、いつもみたいに抱きしめて良くやったと言ってもらえると思っていたルイシャは落ち込んでしまう。そんな彼を見かねてリオが口を開く。

「安心せい、お主はなにも悪いことはしとらんよ」

「で、でも、なんかテス姉の様子変じゃなかった？　もしかしたら魔族のことは聞きたくなかったのかも」

「じゃからそういうんじゃないと言うとろうが。……お主は気付いとらんじゃろうが、奴《やつ》はオープンに見えて悩みや不安を溜《た》め込む性格じゃ。特にお主には弱いところを見せたくないじゃろうしの」

「つまり……どういうこと？」

ルイシャの問いに、リオはテスタロッサが入っていった家の扉を指さして答える。

「行けば分かる。お主の目で確かめてこい」

リオに促され家の中に入る。辺りを見回してみるがテスタロッサの気配はない。

二階に上がり耳を澄ましてみると、普段彼女が寝室として使っている部屋から微《かす》かに物音が聞こえる。こんこん、とノックしてみるが返答はない。しばらく待ってから意を決して中に入る。

「……入るよ」

中にはこちらを背にして立っているテスタロッサがいた。顔は扉と逆側についている窓の方を向いておりその表情は窺い知れなかった。

「えと……大丈夫？」

尋ねるが返事はない。

一体どうすればいいんだろうとおどおどするルイシャ。

しばらくそんな無言が部屋を支配した後、ゆっくりとテスタロッサが振り返る。

「ごめんね。もう大丈夫だから」

そう語る彼女の頬は涙で濡《ぬ》れていた。普段の明るい彼女をよく知るルイシャはその儚《はかな》げな姿に強い衝撃を受ける。

「どうしたのテス姉……？　やっぱり僕、なんか変なこと言って……」

「違うの。ルイくんは何も悪くないわ」

涙を拭い、彼女はぽつぽつと語りだす。

「今まで言わなかったけど……ずっと不安だったの。魔王は魔族の象徴、それなのに私は何も言わずに国民《みんな》の前から去ってしまったわ。当時は相当混乱したはずよ」

彼女の予想通り魔王の失踪は当時かなりの問題となった。勇者が殺したという説が最も有力だったが、魔族を裏切った説や重圧に耐えきれず逃げ出した説など色んな噂が吹聴《ふいちょう》された。

「恨まれる覚悟なら出来ていた。私は恨まれても仕方のないことをしちゃったから」

突如現れた勇者に封印されたせいで、テスタロッサは魔王のすべきことを全て途中で放棄せざるをえなかった。ルイシャから見ればしょうがないでしょ、と思えるが、当事者は罪の意識から抜け出せずにいた。

「恨まれるのは構わない……でも、もし私がいなくなったことが原因で戦争が起きて、たくさんの人が亡くなってしまうようなことが起きていたのだとしたら、きっと私は耐えられなかった」

外に出たルイシャに聞こうとしたことがなかった訳ではない。むしろ何回も何回も聞こうとはしたが、もし自分の想像が当たってしまっていたらと思うと、聞くことができなかったのだ。

「ルイくんが来るまで、涙を流さない日はなかったわ。もちろんリオには気づかれないようにね。不安で悲しくて申し訳なくて、命を絶とうと思ったことも一度や二度じゃない」

「そんなに追い詰められてたんだね……」

自分の前ではそんな素振りを見せなかったのに――。

ルイシャは彼女の強さを思い知り、そしてそれに気づけなかった自分を恥じた。

「本当に辛《つら》かった。でも……ようやく、救われた。魔王国で戦が起きてないだけじゃなくてポルトフィーノや他の頼りになる仲間も生きていて頑張ってくれてる、そして何より――まだ私を必要としてくれている」

いつの間にかテスタロッサの瞳から涙は消え失《う》せ、代わりに強い決意の炎が灯《とも》っていた。

「私を必要としてくれる人がいる。それだけで私はあと何万年だって戦える。……これも全部ルイくんのおかげよ、本当にありがとうね」

「そ、そんな、僕はただ伝えただけだよ」

真《ま》っ直《す》ぐな瞳でお礼を言われ、ルイシャは照れる。

テスタロッサはそんな彼のもとに近づくと、その体をゆっくりと抱きしめる。

「いえ、貴方《あなた》がいてくれたからよ。貴方が来てくれなければ……私はまだ深い絶望の中に

いた。リオとも仲良くなってなかったし、元の世界に戻る希望を持つこともなかった。もしかしたら今頃命を絶っていたかもしれない」

それは誇張ではなく彼女の本心だった。無限牢獄《ろうごく》での終わりのない日々はゆっくりと確実に彼女の心を蝕《むしば》み、折ろうとしていた。

「だから本当に、ありがとう」

そう言って彼女は優しくキスをする。そしてゆっくりと顔を離すと、頬を紅潮させながら笑みを見せる。

「ルイくん、好きよ――――愛してる」

「うん、僕もあ……愛してる」

恥ずかしそうにしながらもルイシャはその言葉を言い切る。まさか同じことを言ってくれると思わなかったテスタロッサは少し驚いた顔をした後、嬉《うれ》しそうに微笑《ほほえ》む。

「ねえルイくん、ここから無事出られたら結婚しましょ」

「け、けけ結婚!?」

「そ、いや?」

「嫌じゃないけど、想像つかないよ」

顔を真っ赤にしながらルイシャは答える。

「ここを出たら二人で魔王国を復興させるの。大変だろうけど二人ならきっと出来るわ。

魔族に野蛮なイメージを持ってるかもしれないけどそんなことないから安心してね。私の仲間はみんないい人だから」

テスタロッサは夢想する。甘く輝かしい未来を。

「最初は魔王国の国民も反対するの『ヒト族と結婚なんてけしからん！』……ってね。でもルイくんは頑張り屋さんだから段々みんな認めてってくれるの。どう？　素敵でしょ？」

「……うん、そうだね。とっても素敵な未来だと思う」

ルイシャの言葉にテスタロッサは満足そうに頷《うなず》くが、次の瞬間また弱気な顔になる。

「叶《かな》う……かな？」

「出来るよ」

無限牢獄《こ》を出たばかりの彼であれば、すぐに返事が出来なかったかもしれない。しかし外の世界での数多くの出来事は少年を確実に成長させていた。

「絶対に僕がここから出して見せる」

「うん……信じてる。ずっと待ってるから」

今度は彼女を自分から抱きしめたルイシャは、彼女たちをここから出すことを再び強く心に決める。

それがいつになるかは分からない。

少年の旅は、まだ始まったばかりなのだから。

あとがき

「まりむそ」3巻をお買い上げいただきありがとうございます。またまたお会いしましたね、作者の熊乃《くまの》げん骨《こつ》です。

　この本を手に取ってくださる方はご存知だとは思いますが、皆様の応援のおかげで無事3巻をお届けする事が出来ました。本当にありがとうございます！

　4巻も出せるよう粉骨砕身頑張りますので、引き続き応援いただけると幸いです。

　さて、今回もあとがきのページをたくさんいただいたので、今回は「魔王と竜王に育てられた少年は学園生活を無双するようです」がどのようにして生まれたのかをお話ししたいと思います。少々長くなるとは思いますが、お付き合いいただけると幸いです。

もそも本作は私が「努力型主人公」を書きたい！　と思ったところから始まりました。

度のご飯と同じくらい好きな私は、突然強くなる話よりも、ちゃんと修行

ごったのです。

な話を作ることに決め、必然的に主人公は少年になりま

獄《ろうごく》』で修行し強くなる」というコン

匠は魔王一人、しかも男という設定でした。

し話を考える内に「魔王をヒロインにしても良いんじゃないか？」という電波を受信し方向転換。邪悪な魔王からかわいらしいお姉さんになりました。やったね。

そして女の子一人で封印されてるのも可哀想《かわいそう》に思ったので、申し訳ないですがもう一人封印されてもらうことにしました。それが竜王リオになります。

最初は無限牢獄から脱出した後、ルイシャが一人で旅をして、色んな国をまわりながら勇者の封印を解いていくというストーリーでしたが、ある人物を出すに当たってそのストーリーは大きく変わることになりました。

それはシャルロッテ・ユーデリアの存在です。

勇者サイドの関係者を出すに当たって、真っ先に思いついたのが彼女というキャラでした。敵であるはずの勇者の血縁ながらルイシャの味方になるという彼女は本作において非常に大きな役目を担っています。

しかし敵である勇者の子孫である彼女との二人旅、というのもどうだろう。と思い、旅をするという根本の話を見つめ直しました。

彼女を登場させつつ、ずっと一緒に行動させるのではなく適度な距離感を持たせる。そう決めた私は、拠点となる大きな街を作り、そこで生活をさせることにしました。

元々私はゲームなどで、拠点となる大きな街がある方が好きなタイプだったので、この方式は非常に性に合っていました。

ここで王都を拠点にして話を進めることは決定したのですが、最初は冒険者として依頼を受け、各地を冒険する方向で考えていました。

冒険者になるのは異世界ファンタジーとしては王道で、色々と面白い展開も考えていたのですが、「せっかく少年主人公にしたのだから、学園ものにしよう」とまた謎電波を受信急遽《きゅうきょ》舵《かじ》が切られ、本作は学園ものになりました。

他にも初期案では担任の先生はヒト族に変装した女魔族という設定もありました。しかし学園でのヒロイン二人が同級生と先生、というのは物語的に動かしづらいなと感じたので、変装した女魔族という設定はアイリスに引き継がれることになりました。

無限牢獄と現実世界にヒロインが二人ずつというのは非常に物語が動かしやすく、気に入っています。

こうして見ると初期案とはだいぶ変わってますね。今の形になるまで紆余《うよ》曲折《きょくせつ》ありましたが、最終的には良い形になってくれたと思います。

他に没になった案としては魔法学園が犯罪者集団に乗っ取られるという案がありました。思春期の男の子が妄想しがちな、学校が犯罪集団に占拠されるあれの異世界版ですね。まあまあ面白い話にはできたと思いますが、他にやりたいことをやってる内に挟み込む余地がなくなってしまったので泣く泣くカットしました。本来であればコジロウ編の前あたりにあったはずです。

この話ではクラスメイトたちとルイシャの共闘を濃く書きたかったのですが、それは叶《かな》わなかったので別のところでやろうと思っています。お楽しみにお待ち下さい！

余談ですが本作の最初のタイトルは「無限牢獄で無限に修行した少年は無限に強くなる！」でした（うろ覚え）。タイトルも紆余曲折あり今の形に落ち着きました。どのタイトルも思い入れがあるのですが略称がかわいい今のタイトルが一番お気に入りですね。

さて、長々と制作秘話にお付き合いいただきありがとうございます。最後に謝辞を述べ、このあとがきを締めたいと思います。

最初にも言いましたが、本作を買い、応援してくださる皆様、本当にありがとうございます。

今後も皆様が楽しめるよう、面白く刺激的な物語を書いていこうと思ってますので、引き続きお付き合いいただけると嬉《うれ》しいです。

そして今回も最高にかわいいイラストを描いてくださった無望菜志《なもなし》さん、ありがとうございます。女の子はもちろん、男の子も非常にかわいく描いてくださりとても嬉しいです！　今後ともよろしくお願いいたします！

最後に未熟な私をサポートしてくださる編集さん、校正さん、そして本作に関わってくださる全ての方々。ありがとうございます。皆様のおかげでかろうじて私は作家でいられます。

それではまた次巻でお会いしましょう！

まりむそ
03巻
お買いあげ
ありがとう
ございます!!
いつか来たるべき
ブルマ回に
向けて…。
おもおて♡
無望菜志

OVERLAP

魔王と竜王に育てられた少年は学園生活を無双するようです 3

発　行　2021年11月25日　初版第一刷発行

著　者　熊乃げん骨
発行者　永田勝治
発行所　株式会社オーバーラップ
〒141-0031　東京都品川区西五反田8-1-5
校正・DTP　株式会社鷗来堂
印刷・製本　大日本印刷株式会社

Printed in Japan　ISBN 978-4-8240-0043-9 C0193

作品のご感想、ファンレターをお待ちしています

あて先：〒141-0031　東京都品川区西五反田8-1-5 五反田光和ビル4階　オーバーラップ文庫編集部
「熊乃げん骨」先生係／「無望菜志」先生係

PC、スマホからWEBアンケートに答えてゲット!

★この書籍で使用しているイラストの『無料壁紙』
★さらに図書カード（1000円分）を毎月10名に抽選でプレゼント!

▶https://over-lap.co.jp/824000439
二次元バーコードまたはURLより本書へのアンケートにご協力ください。
オーバーラップ文庫公式HPのトップページからもアクセスいただけます。
※スマートフォンとPCからのアクセスにのみ対応しております。
※サイトへのアクセスや登録時に発生する通信費等はご負担ください。
※中学生以下の方は保護者の方の了承を得てから回答してください。

オーバーラップ文庫公式HP▶https://over-lap.co.jp/lnv/

オーバーラップ文庫
重版ヒット中!
俺は星間国家の悪徳領主!
I am the Villainous Lord of the Interstellar Nation
好き勝手に生きてやる!
なのに、なんで領民《あいつら》たち感謝してんの!?
善良に生きても報われなかった前世の反省から、「悪徳領主」を目指す星間国家の伯爵家当主リアム。彼を転生させた「案内人」は再びリアムを絶望させることが目的なんだけど、なぜかリアムの目標や「案内人」の思惑とは別にリアムは民から「名君」だと評判に!? 星々の海を舞台にお届けする勘違い領地経営譚、開幕!!
著 三嶋与夢 イラスト 高峰ナダレ
シリーズ好評発売中!!

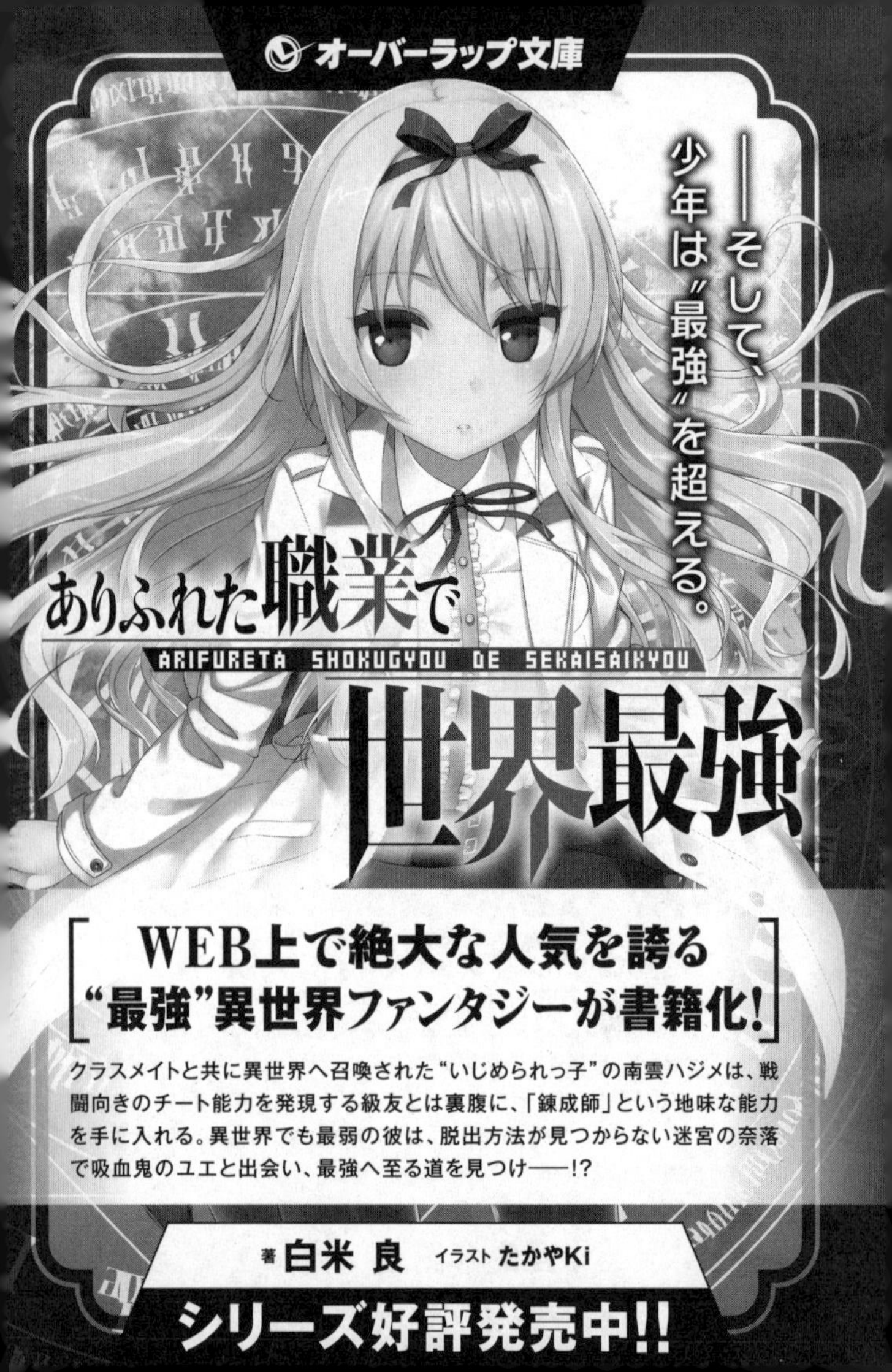
オーバーラップ文庫
――そして、少年は〝最強〟を超える。
ありふれた職業で
ARIFURETA SHOKUGYOU DE SEKAISAIKYOU
世界最強
WEB上で絶大な人気を誇る
“最強”異世界ファンタジーが書籍化!
クラスメイトと共に異世界へ召喚された“いじめられっ子”の南雲ハジメは、戦闘向きのチート能力を発現する級友とは裏腹に、「錬成師」という地味な能力を手に入れる。異世界でも最弱の彼は、脱出方法が見つからない迷宮の奈落で吸血鬼のユエと出会い、最強へ至る道を見つけ――!?
著 白米 良 イラスト たかやKi
シリーズ好評発売中!!

オーバーラップ文庫
『大迷宮』のルーツが明かされる
外伝、始動!!
ありふれた職業で
ARIFURETA SHOKUGYOU DE SEKAISAIKYOU
ZERO
世界最強
零
[──これは、“ハジメ”に至る零の系譜]
“負け犬”の錬成師オスカー・オルクスはある日、神に抗う旅をしているというミレディ・ライセンと出会う。旅の誘いを断るオスカーだったが、予期せぬ事件が発生し……!? これは“ハジメ”に至る零の系譜。『ありふれた職業で世界最強』外伝がここに幕を開ける!
著 白米 良 イラスト たかやKi
シリーズ好評発売中!!

第9回 オーバーラップ文庫大賞
原稿募集中！
イラスト：KeG
紡げ、魔法のような物語！
【賞金】
大賞…300万円
（3巻刊行確約＋コミカライズ確約）
金賞……100万円
（3巻刊行確約）
銀賞………30万円
（2巻刊行確約）
佳作………10万円
【締め切り】
第1ターン 2021年6月末日
第2ターン 2021年12月末日
各ターンの締め切り後4ヶ月以内に佳作を発表。通期で佳作に選出された作品の中から、「大賞」、「金賞」、「銀賞」を選出します。
投稿はオンラインで！ 結果も評価シートもサイトをチェック！
https://over-lap.co.jp/bunko/award/
〈オーバーラップ文庫大賞オンライン〉
※最新情報および応募詳細については上記サイトをご覧ください。
※紙での応募受付は行っておりません。